四季大雅
[插畫] 一色
TAIGA SHIKI
Illustration : ISSHIKI
美里活在
貓的
眼眸裡
MILI LIVES
IN THE
CAT'S EYES
Kadokawa
Fantastic Novels

MILI LIVES

IN THE

CAT'S EYES

CONTENTS

阿望志磨男
柚葉美里
紙透窈一

「因為我也喜歡你，阿窈。」
「咦──？」
「我喜歡你。」

整個世界是一座舞臺，所有的男男女女不過是演員罷了；他們有上場，有下場，一個人一生扮演好幾種角色——

威廉·莎士比亞《如願》（梁實秋　譯）

序幕

明明是四百多年以前寫下的臺詞，卻讓人感到無比新鮮。

每次唸出臺詞，就像有一陣風忽然吹過似的。彷彿由風緊緊編織而成的線球被解開，重新流動了起來。

「很棒很棒，非常好！」

美里露出高興的笑容，連連鼓掌。她或許是介意自己的嬌小體型，所以會放大動作，用全身來表現情緒。

「妳這麼大力稱讚，外行人會誤會的。」

我搔著後腦杓說道。

「才不會呢，你真的很有天分，一點也不像是第一次。接下來可以試試看多用丹田發聲。」

「丹田？」

「就是肚臍的下面附近。」

我確認印在影印紙上的臺詞。這是《如願》的劇中人物——傑開斯的長篇口白。我揣摩他身為厭世者的表情、語調及肢體動作，從腹部深處發聲。

「整個世界是一座舞臺──」我按照美里的指導，注意強弱與節奏，就像在演奏音樂。但我還是覺得有點害臊，臉頰因此漸漸發燙。虎斑貓三郎不解地歪著頭。「──忘懷一切，沒有牙齒，沒有眼，沒有口味，沒有一切。」

終於唸完臺詞之後，我抱起三郎，這麼問道：

「我剛才表現得如何？美里。」

不過可惜的是，美里正好背對著我，努力踮起腳尖。她踩著踏臺，從書架上抽出一本厚重的書。那是白水社出版的莎士比亞全集，共七集中的第四集。她晃著金絲雀黃的傘狀裙，用指尖慢慢將書本抽出來。我雖然想幫忙，卻辦不到，只好心神不寧地等著。

啊──我不禁出聲叫道。

美里因為書的重量，頓時失去平衡。

我反射性地動了起來，但也只是做出動作，沒有任何意義。三郎嚇得豎起棕色的毛。美里靠自己的力量恢復平衡後，把書抱在胸前，呼出了一口氣。然後她走下踏臺，到書桌前認真地讀了起來。

柔和的陽光從美里面前的窗戶照射進來。天使光圈在形狀圓潤的鮑伯頭上搖曳。她的髮色很淡，髮尾帶著琥珀般的透明感，自然地融入白皙的臉頰。美里平時總是溫柔又可愛，側臉卻帶著某種神祕的美感，令人不禁看得入迷。

──這時，視野突然猛然往前移動。

但是我的身體並沒有真的移動，所以腦部產生幻覺，感受到不存在的慣性。左搖右晃的感覺有點噁心。視野不理會我，繼續快速前進。目標是書桌下方，美里的腳邊——我看得見桌子的背面。視線往下移動，就能看到美里的腳趾如鋼琴鍵盤般排列著。

「呀，等一下，好癢！」

一陣天旋地轉，美里的臉就在不知不覺間出現在眼前了。視線硬生生對上，讓我不知所措。美里也慌張地張大嘴巴，轉眼間連耳朵都脹得通紅。

「……你、你剛才，看到了嗎？」

我使勁搖頭。

「我什麼都沒看到！」

「哇——！騙人——！你的演技好爛！」

「太過分了吧，妳剛才明明還說我演得很好！」

「真的嗎？你沒有看到我的內褲吧？如果你騙我……如果你騙我……我、我就打你耳光喔！」

「妳沒辦法打我耳光吧。」

不論是基於美里的溫柔個性——還是「物理方面」。

只見美里露出有點不甘心、有點生氣，又有一點寂寞的複雜表情。然後，她用手掌對自己的臉搧風。

「討厭，我開始有點熱了……」

美里站起來，打開落地窗。麻布窗簾輕輕飄起。櫻花花瓣就像沒有署名的信件，從萬里無雲的藍天隨興地飄進屋裡。美里的頭髮輕柔地隨風搖曳。

「這邊也愈來愈熱了，我去開窗戶。」

我這麼說完便放下三郎，一度切斷「連結」。

我擦掉額頭滲出的汗水。因為擔心聲音會被公寓的鄰居聽見，所以我把門窗全部關上，使得房間變得相當悶熱。再不把冷氣修好，可能會出人命……彷彿雲仙岳的積雨雲矗立在陽臺的欄杆對面。一打開窗戶，洋溢著夏天氣味的微風便帶著有點吵雜的蟬叫聲迎面而來。

我回過頭，看見一隻貓乖巧地坐在映著藍天的木地板上，正用後腳搔著耳朵。這個破舊的小套房只有我和三郎，可愛的女孩就連影子也不存在。

我抱起三郎，窺視牠的眼睛，「連結」眼球與眼球——

美里面帶微笑。

我透過三郎的眼睛，看著她的身影。她用柔和的音調說道：

「你把傑開斯演得很好呢。跟剛才比起來，發聲進步很多。」

「謝謝誇獎。」我靦腆地答道。「妳剛才為什麼要讀莎士比亞全集？」

「咦？啊啊，我只是突然很好奇，小田島雄志老師是怎麼翻譯的。」

美里的房間有一座很大的書架。書架上放著莎士比亞、宮澤賢治、沙林傑、寺山修司、少女漫畫等各式各樣的書籍，看得出她相當熱愛閱讀。屋裡到處都收拾得整整齊齊，有些地方還放著可愛的擺飾，一看就知道是個時髦女生的房間，讓我看著看著就感到有些難為情。

「不同譯者的版本有差那麼多嗎？」

「完全不一樣！」

美里這麼說完，便開始唸起女扮男裝的公主——羅薩蘭的臺詞。美里的聲音雖然可愛，卻唸得威風凜凜，發音也非常漂亮，讓人不禁聽得入迷。

可愛的參觀者也來了。一隻小麻雀從落地窗飛了進來，開始整理被春日陽光曬得蓬鬆的羽毛。於是，美里房間裡的三郎開始蠢蠢欲動。牠交互看著美里與麻雀，下一個瞬間便馬上撲了過去。麻雀悠哉地飛向春季的天空。三郎一臉錯愕的模樣映照在玻璃窗上。這時的牠還是一隻眼睛圓滾滾的小貓，恐怕分不清麻雀和毛線球的差異。

我摸著「我房間裡的三郎」的頭，說道：

「你長得很大呢。」

已經完全長大，甚至帶有一點威嚴的三郎舒服地用喉嚨發出聲音，以鼻子磨蹭我的手。

啾——一聲鳥鳴傳來。我轉頭一看，發現一隻麻雀停在打開的窗邊。我一瞬間以為牠是飛到美里房間裡的那隻麻雀，但那是不可能的。

——我跟美里彼此都存在於不同的地點、不同的時間，現在是透過貓的眼睛對話。美里那邊的三郎還是一隻小貓，甚至還沒遇見我。

情況看似複雜，實則非常單純。只要搞懂規則，一切都能輕易理解。就像在混沌的星球運行之中導入地動說，就能立刻統整為圓周運動的組合一般。

總而言之，只要如此解釋現狀，便算是八九不離十了。

美里活在貓的眼眸裡。

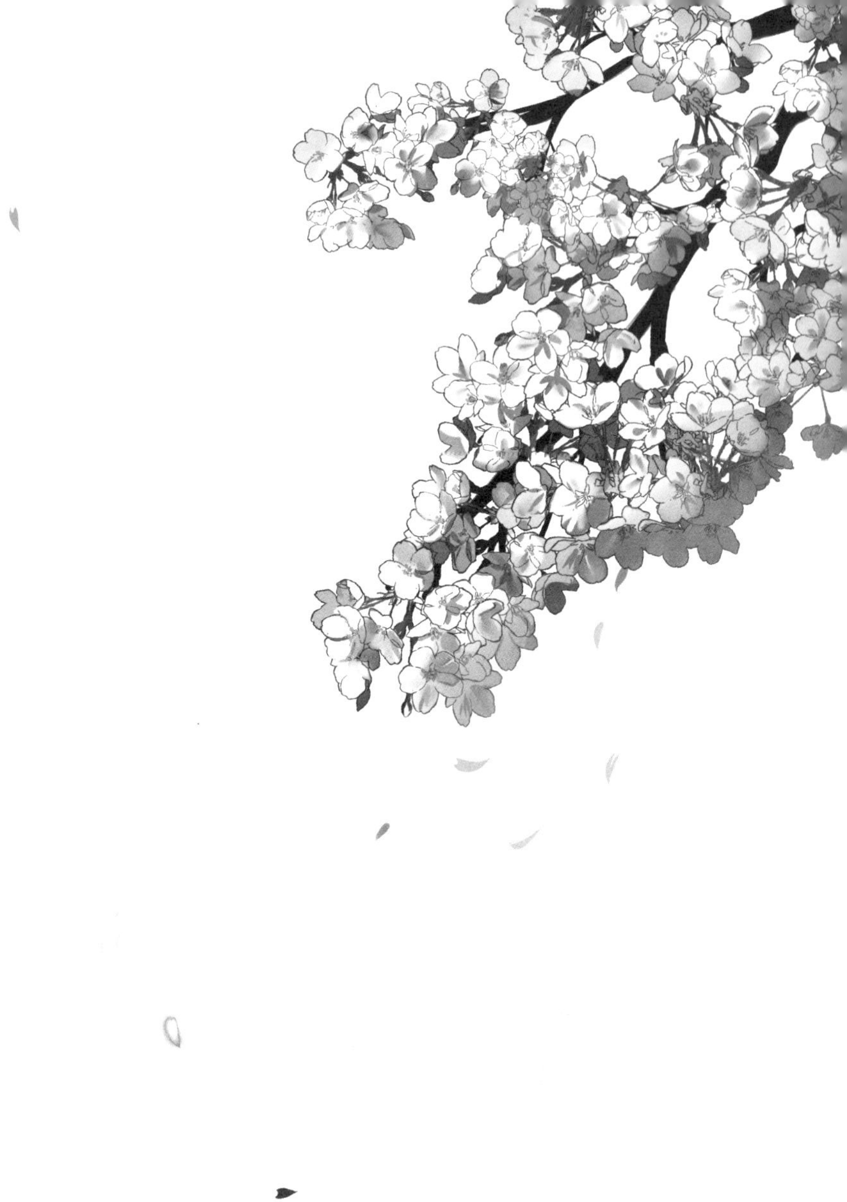

美里活在貓的眼眸裡

MILI LIVES IN THE CAT'S EYES

四季大雅

[插畫] 一色

第一幕

1

我瞪著一雙死魚眼，剪著腳趾甲。喀嚓、喀嚓的聲音在陰暗的舊公寓裡空虛地迴響著。就算腳趾甲碎片掉到地上，我也懶得撿。

筆記型電腦的畫面是一個老教授，正在講解文學史。他說的話讓人有點聽不太清楚。因為真的無聊得要死，所以我用別的視窗打開YouTube，邊看邊聽。反正上課內容會錄下來，所以一定是在考試前用兩倍速看比較好。極端而言，只交作業、不聽課的做法是最有效率的。但是那麼做實在太空虛了，所以我還是會準時出現在課堂上。

喀喀喀喀……冷氣機發出噪音。舊公寓就連冷氣機也很破舊。每過幾個小時，它就會發出一陣像是鑽掘機正在開鑿隧道般的聲音。冷氣也非常弱，悶熱的天氣讓我頻頻冒汗。

我還以為到東京上大學，就可以每天過著快樂的生活，甚至能交到女朋友。非常自然，幾乎是半自動化。適度地念書，適度地打工，時常喝酒，約會、吵架，然後和好……我以為自己能度過那種平凡但幸福的青春。

不過，這些事一件也沒有發生。

川端康成的《雪國》之中，包含這麼一段有名的描述：

「穿過縣界長長的隧道，便是雪國。夜空下一片白茫茫。」

我的大學生活也能用同樣精簡的方式來形容：

「經過高中漫長的考生生涯，便是隔離期間。直到夏天都一片空白。」

令人絕望。

叮咚的一個輕快音效響起，聊天訊息顯示在電腦畫面上。

『須貝　健太郎：現在這個時代，談戀愛只有風險。』

我瞄了一眼訊息，先修剪好腳趾甲的形狀，然後才回覆。

『紙透　窈一：談戀愛有風險？』

『須貝　健太郎：難道不是嗎？首先，有感染的風險。而且如果要結婚就得花錢。我可是靠學貸在讀大學的耶，再這樣下去就要重新迎接就職冰河期了。況且日本的薪水本來就很低……』

最近的須貝太悲觀，連我都沮喪了起來。他以前的個性好像比較開朗。我在大學的團康活動認識他之後，遠距教學馬上就開始了，所以我或許沒有摸透他的本性。

YouTube的新聞正在播報新型冠狀病毒的疫情。目前已經過了高峰，暫時穩定下來。我就讀的（雖然實際上根本不會去學校）國際仙庵大學也有可能重啟實體教學的風聲傳出。

過了一陣子，出現一則男性警員遺失手槍的報導。據說他將手槍忘在新宿車站的廁所了。

我呆呆地望著新聞畫面。大學能不能早點恢復正常上課呢？日子過得太空虛，讓我漸漸開始覺得自己這輩子可能哪裡也去不了了。就像小松左京的《復活之日》，人類會不會就此踏上毀滅的道路呢……

『須貝　健太郎：啊～啊，世界乾脆毀滅算了。』

我有種心思被看穿的感覺，不禁緊張了一下。

『紙透　窈一：你希望世界毀滅嗎？』

『須貝　健太郎：那樣還比較好玩吧。』

這傢伙在說什麼啊……不，這或許才是人類的本質。比起被瞬間的烈火吞噬，像這樣過著溫水煮青蛙般的日子，或許更令人難受。

喀喀喀喀……挖掘者的工作開始又結束。

文學史的課堂和新聞都在不知不覺間播完了。

不溫不火的沉默就像嚼過的口香糖，不斷延伸……

頭腦一片空白。

呼吸變得困難。

我從PTP包裝中取出情緒穩定劑，扔進嘴裡。

腦袋裡是一片混亂。這片混亂漸漸改變型態，成為新宿車站。我一個人在車站裡遊蕩。一進到廁所裡，就看見裡面有警察忘了帶走的手槍。

S&W公司製的五連發左輪手槍——「M360J SAKURA」。

拿在手上的感覺既沉重又冰冷。槍口一下子抵住太陽穴。我扳起擊鐵。接著只要扣下扳機，就能發射子彈，永遠告別無聊的人生。

我的手指開始用力。

——砰！

我從椅子上跌坐到地面。心臟正在猛烈跳動。夢境與現實的界線模糊不清。我的腦袋壞掉了嗎？

剛才的聲音——聽起來像是來自「現實世界」！

女性的高亢慘叫響起，撕裂了半夢半醒的思緒。那是充滿恐懼的慘叫。

「救命——！」

砰！槍聲再度響起。

我傻住了。

時間就像是過了永遠那麼久。周圍安靜得出奇，只有我的心臟發出吵雜的聲音。我用顫抖的膝蓋站起，打出訊息。

『紙透　窈一：慘了慘了慘了，我剛才聽見槍聲！』

『須貝　健太郎：啥？槍聲？什麼東西，黑道鬥毆嗎？』

『紙透　窈一：不知道，我還聽見女人尖叫的聲音。』

『須貝　健太郎：太扯了吧？不是電影的音效之類的嗎？』

我停下打字的手。對喔，那也不是不可能。

……不，如果真是音響的聲音，聽起來也太逼真了。

『紙透　窈一：應該是真的。我去確認一下。』

『須貝　健太郎：喂，不要做危險的事啦！』

我打開落地窗。悶熱的空氣流進室內。陽臺上掉著蛾的乾屍。東側的隔板上貼著黃色的膠帶，上面寫著「緊急時請打破這塊隔板，往隔壁戶避難」——要打破嗎？都遇到這種情況了，我還是猶豫不決。

我暫時返回屋內，穿上襪子再回到陽臺。然後，我戰戰兢兢地跨越欄杆。雖然這裡只是二樓，卻相當高。萬一摔下去，應該不會只是瘀傷而已。我謹慎地橫向移動，看起來就像一具白骨的欄杆便發出刺耳的噪音，還有乾燥的油漆與鐵鏽隨之剝落。

「好痛……！」

沾滿紅色鐵鏽的右手手掌竄起一條紅線，滲出血液。好像是被翻起的乾燥油漆割傷了。我因痛楚而皺起眉頭，抬頭繼續前進。

這時我驚覺。

一隻虎斑貓突然出現在眼前。

牠豎起尾巴，左右搖晃著保持平衡，在欄杆上朝這裡走來……

我抓住那隻貓，窺視牠的眼睛。

我的眼球與貓的眼球因此「連結」起來——

——砰！

光線劃破黑暗，刺進眼睛深處。喵！貓發出受到驚嚇的聲音。牠在陽臺睡午覺的時候被槍聲吵醒了。

視野開始旋轉。有人倒臥在紗門的對面。某人從玄關離去的背影一閃而逝。因為事發突然，看不出對方是男是女。血泊在地面上擴散……

貓一個轉身，跳到欄杆上。

牠眼前有個穿著T恤和短褲的男人——也就是我攀爬在欄杆上的模樣……

我剛才看到的是儲存在貓的眼球中的過去景象。

眼球是優秀的儲存裝置。不只是視覺資訊，連五感資訊或心理資訊，都能完全塞進那個小小的球體中。不知為何，我從小就能藉著「連結」眼球與眼球的方式，重播這些資訊。就像是電腦從硬碟中讀取資料一樣。

我得快點去救人……！

我正要切斷連結的時候，視野突然轉換了。

眼前是一個女生的房間。

房間裡有很大的書架和可愛的小飾品，而且很乾淨——

感覺就像是電視恢復正常收訊一樣。從眼球讀取到的景象通常會混合雜訊。可是，我現在看到的房間——非常寧靜。那裡有著純淨的沉默，以及純淨的光線。我覺得自己彷彿身歷其境。

一個女孩看著我。

她留著一頭栗褐色的鮑伯頭。大大的眼睛驚恐地睜開。好像是叫做榛果色吧，帶著綠色調的淡棕色眼睛就像礦石般漂亮——我驚訝地張開嘴巴，目不轉睛地看著她。

她突然大喊：

「危險！欄杆會斷掉！」

隨後，啪嘰的一聲猛然響起，欄杆崩塌了。

欄杆撞壞鄰居家的磚牆，也砸碎了盆栽。

我在千鈞一髮之際攀到陽臺上。

隔離生活讓我的體能變得很差，光是垂掛在上面就費盡力氣。重力一點一滴地把我整個人往下拉……我咬緊牙關，使出吃奶的力氣才勉強爬上去。我用雙手撐著地面，大口喘息。如果女孩沒有警告我，情況就危險了。

——這時候，我終於察覺異狀。

眼球重播的是過去發生的事。

「為什麼身在過去的女孩，能對身在未來的我發出警告」——？

只見貓若無其事地舔著自己的肚子。我的心臟猛烈地撞擊胸口。我小心翼翼地伸出手……貓迅速起身，我便嚇得把手抽了回來。貓瞥了我一眼，就直接穿過隔板，往我房間的方向離去。

「……不管怎麼樣。」

喉嚨非常乾渴。不管怎麼樣，我得去救人。

我勉強站起來，推開落地窗的紗門，嘰嘰的開門聲隨之響起。紗門的影子從白得嚇人的裸露雙腿上消失，就像是褪去織紋很粗的絲襪一樣……我沒來由地壓低腳步聲，踏進房間裡。還很新鮮的血腥味竄進鼻腔。

我用雙手摀住臉，深深嘆了一口氣。

不管怎麼看都是當場死亡……

她應該是想逃往玄關，卻被犯人從背後射擊頭部，然後往前倒下。

這個人是年齡跟我差不多的女孩。她身上穿著襯衫，以及強調長腿的短褲。臉部面向左邊。她是個美女，高挺的鼻子和尖瘦的下巴形成漂亮的美觀線。

「現在或許還『來得及』……」

我激勵渾身顫抖的自己，站到屍體旁邊。然後，我彎下腰，避開血泊，將左臉貼在木地板上，與她四目相交。點綴著纖長睫毛的大眼睛，如今已化為無底水井。雖然眼睛被眼淚浸濕，深處卻已經徹底乾涸。她的頭頂有一個被子彈貫穿的洞。我忍著想吐的感受。

人一旦死亡，儲存在眼球的記憶就會迅速流失。就像是隨著靈魂脫離身體一樣。如果是剛剛死亡的現在，或許能取得跟犯人有關的線索。

我窺視她的眼睛，「連結」眼球與眼球。

記憶連同紅黑色的死亡觸感，一起流進我的腦海。

已經毀損得相當嚴重了。影像很混亂，聲音很混亂，時間也很混亂——

慘叫。

玻璃碎裂的聲音。

鏡子產生蜘蛛網狀的裂痕，表情因恐懼而扭曲。

回過頭就能看到手槍——「M360J SAKURA」。

女孩發了狂似的推開槍口，試圖逃跑。

心臟劇烈跳動。

長長的頭髮阻礙視野。

強烈的痛楚之後，色彩鮮豔的花在眼前炸裂。這是子彈破壞後腦勺的視覺皮質所造成的錯誤雜訊。

雄蕊與雌蕊的位置出現一個漆黑的洞，一瞬間吸入閃爍的花瓣，就像漩渦狀的黑洞般，最終吞噬了整個世界……

我產生連自己都會消失在這片黑暗中的錯覺，不禁發出慘叫。「死亡的觸感」清晰得駭人。絕對零度的寒氣侵蝕到靈魂的最深處。它有如反覆拍打的凶猛浪潮，將逐步壞死的自己肢解，無可救藥地沖刷殆盡。

我想切斷連結，卻不順利。感覺就像是無法從惡夢中清醒一樣。我咬緊牙關，使勁對後頸灌注力量——

我猛然回過神來。

眼前有死者的臉。我覺得自己好像才剛從她頭上的洞裡爬出來似的。異常的痛苦讓我不禁抓住自己的胸口。我咳得就像要把卡在喉嚨裡的乒乓球吐出來，然後才終於能夠呼吸。我第一次體驗如此清晰的「臨死瞬間」。全身都跟石棺一樣冰冷，只有心臟正在燃燒。我雖然作嘔，胃裡卻是空的。

我搖搖晃晃地站了起來。

化妝檯的鏡子被子彈打中，因此裂開。

腳邊掉著一支口紅。屍體的嘴唇只有下半部塗上了紅色。

我呆呆地思考著。換句話說，當時的情況是這樣的——被害人在化妝的時候遭到犯人從背後持槍襲擊。第一槍沒有擊中，於是犯人開出第二槍，殺害了試圖逃走的被害人……

不過，這種事情任誰都能從現場看出來。

到頭來，我的能力根本派不上用場。

——接受完警察的偵訊，我終於回到自己房間的時候，已經是晚上七點了。隔壁房間還有警察正在忙進忙出的動靜。幾乎足不出戶的生活之中突然發生這種事，讓我累得筋疲力盡。

我吞下抗焦慮藥物，一頭栽到床上。額頭非常熱。色彩鮮豔的雜訊之花在眼裡閃現。死亡的寒冷像一根根冰錐，插在大腦深處。

我得向大學報告曠課的理由，但我的身體就是動不了。乾脆就這麼睡著吧。搞不好可以像格林童話的《小精靈和老鞋匠》一樣，半夜有小精靈來替我的身體打營養點滴。

微溫的睡意正要開始將我淹沒的時候。

——喵～

我聽見微弱的貓叫聲。

我從床上跳了起來。

窗簾還沒有拉上的落地窗外面有一隻虎斑貓，在房間燈光的照射之下蹲坐在陽臺。

我稍微思考了一下，然後把一個盤子放到地上，在裡面倒牛奶，並輕輕打開窗戶。

貓就像每天的例行公事一樣，很自然地進到房間裡喝起牛奶。

「我完全忘了你……」

我撫摸貓的後頸，牠便高興地瞇著眼睛豎起尾巴。

盤子空了以後，我抱起貓。以野貓而言，牠也太親人了。話雖如此，牠目前似乎沒有飼主。因為牠的脖子上沒有項圈。

我想起在貓的眼睛裡看見的女孩。她為什麼能從過去對我說話呢？又為什麼能警告我，欄杆「即將斷裂」的事實？

——一個簡單的答案浮現在我的腦海。不過，這個答案實在超乎常理，令人難以置信。只有詢問本人才會知道。

我窺視貓的眼睛——

剛才看見的景象重現在眼前。

槍聲、倒在紗門裡面的某人、擴散在地面上的血泊……

我的能力有規則可循。窺視眼睛的時候，一開始看見的通常是最近與「強烈感情」有關的記憶。所以這次也會看見剛才「受到驚嚇」時的記憶。

然後，我開始「搜尋」。就像在網路上搜尋特定關鍵字，我能在一定程度上選擇想觀看的時間。這也容易被眼球主人的感情等因素左右，經常難以控制。

我像是在大海中載浮載沉，徘徊於記憶之中……

然後，我感覺到一股從未體會過的神祕引力，猛然將我拉了過去。

回過神來，那個女孩已經出現在我的眼前。

那個房間有很大的書架，到處都放著可愛的小飾品。

她的眼睛有一瞬間看似熱淚盈眶。那雙眼睛和臉頰彷彿盛滿了類似悲傷的黃昏色感情，正在波動著。可是下一個瞬間，那些感情已經如海市蜃樓般消失，然後女孩微微一笑。

「對阿窈來說，這是初次見面呢。我叫作柚葉美里。寫法是柚子的葉子，還有美麗的里程。」

她果然能從過去向未來說話……！我用顫抖的聲音問道：

「阿窈……？」

「未來的窈一允許我這麼稱呼你。當我在盛開的櫻花樹下，第一次遇見窈一的時候。」

「未來的我……啊啊，果然沒錯。妳——」

貓眼中的女孩點了點頭。

「我——可以看見未來。」

2

電車的門在背後關上。確認自己有保持社交距離後，我開始深呼吸。雖然疫情已經穩定下來，車內依然令人胸悶。因為害怕他人咳嗽，所以呼吸總是很淺。我的雙手都提著從高田馬場的寵物店買來的外出籠、貓砂盆和貓食等雜物。

因為手上的行李太多，我在剪票口花了不少時間，走出駒込車站便拉下口罩。初夏的清爽氣味竄進鼻腔，讓我無意間想起兒時回憶。氣味會強烈連結著記憶。或許是因為如此，自從進入戴口罩的防疫時代，我就沒什麼記憶。

走路十幾分鐘就可以抵達我住宿的公寓。我登上頗有情調的室外階梯，經過有點骯髒的走廊。我向出入204號房的警察行注目禮，走向從最裡頭數來第二間的203號房。我打開自己稱之為「青汁色」的深色房門。在玄關脫鞋子的時候，新室友來迎接我了。

「我回來了，三郎。」

三郎喵了一聲回應我。這是牠以前的飼主——眼睛裡的女孩替牠取的名字。

我才剛準備好貓砂盆，三郎就跑來上廁所了。牠可能忍了很久吧。真是一隻守規矩的貓。我把貓食裝到盤子裡，牠就把眼睛瞇成一條線，帶著幸福的表情吃了起來。我撫摸牠的背部，尾巴便高興地搖晃著。

三郎吃完飯之後，我把牠抱起來，窺視牠的眼睛──

坐在座墊上的女孩微笑著，對我揮舞雙手。視野的解析度依然高得不可思議，完全沒有雜訊。

「阿窈，你好。昨天睡得好嗎？」

「我夢到有小精靈在我的肚子上蓋城堡。」

「城堡？」

「我早上一醒來，就發現三郎睡在我的肚子上。」

女孩笑得像一朵綻放的花。

「那柚葉小姐睡得好嗎？」

「叫我美里就好。對我來說，從我們剛才對話到現在，只過了十分鐘左右。」

「咦──？」我瞠目結舌。「……啊啊，對喔，因為是過去與未來的『某個時間點』互相連接，所以時間的流逝不會相同吧。」

這時我才注意到，她穿著跟昨天一樣的白色襯衫和金絲雀色的裙子。

「那邊」與「這邊」的時間流逝並不相同——假如我現在切斷連結，然後再度連結，見到的可能是三秒後的美里，也有可能是三天後的美里。

我想起《小精靈和老鞋匠》的第二部。一位女傭替小精靈取名字，並在小精靈的家住了三天。當她回到人類的城鎮，卻發現那裡已經過了七年的歲月……

「妳那邊是幾年前？」

「大約是三年前。這邊的三郎還是小貓。」

美里這麼說道，用左手溫柔地撫摸三郎的頭。我能接收到這份觸感的「記憶」。感覺就像自己變成小貓，受到她的撫摸，讓我一時不知所措。小小的頭部被柔軟的毛包裹著，一對敏感的耳朵長在不同於人類的位置，以及美里的纖細手指……

「妳的手指怎麼了？」

「咦？啊啊，我昨天切酪梨的時候，不小心割傷了。」

美里左手的食指包著ＯＫ繃。

「因為我笨手笨腳的。」她一臉害臊地這麼說。「我明明個子很小，頭卻經常撞到各種地方。可是我又很怕痛，每次都會眼眶泛淚。」

「是喔。」我不禁笑了，緊張的情緒也放鬆下來。「既然這樣，妳穿耳洞的時候應該很辛苦吧？」

「不會，因為這是夾式耳環。」她從耳朵上取下耳環給我看。「我不敢穿耳洞。可是，夾式耳環的選擇很少，所以我常煩惱找不到喜歡的款式。」

美里這麼說，露出微微呈現八字眉的笑容。我覺得她是個很可愛的女孩。

經過一段閒聊，中間出現短暫的空檔。

我隱約感覺到氣氛開始緊張。三郎也豎起耳朵。

「我問妳，」我開口說道。「這到底是什麼原理？我能透過眼球，看見儲存在裡面的記憶——但我沒辦法任意操控這個能力。有時候會被偶然發生的狀況左右，有時也會被連結強烈感情的記憶牽著走……所以要像現在這樣觀看日常的特定時刻，其實是很困難的。可是，我卻像是被某種力量牽引一樣，能夠再次跟妳對話……」

聞言，美里用認真的表情看著我說道：

「阿窈，你相信命運嗎？」

「命運——？」預料之外的詞彙讓我稍微愣住了。「至少我不相信晨間新聞的星座占卜。」

美里沒有笑。

「不論你信不信，命運確實存在。我能看見命運——或者該說是命運的影子。」

「……既然妳這麼說，我就相信。我想應該真的有所謂的命運。」

「謝謝你。」然後美里稍微停頓了一下。「你覺得命運是什麼模樣？」

命運的模樣……？我認真思考，最後半開玩笑地答道：

「咖啡杯底部的汙漬。」

「我很喜歡這個答案。」美里一臉高興地說道。「從某種角度來看，或許真的就像那樣。好比掛在牆上的時鐘，從側面看也只是一條直線。」

「從妳的角度來看是什麼樣子？」

「從我的角度來看──就像沿著電車車窗滑落的雨滴一樣。」我覺得美里的眼睛似乎變得更加深邃了。「我們每個人都像一個個水分子，在時間的洪流中相遇或離別，沿著各自的道路前進。過程中難免會受到其他分子、水滴、風、電車或地球等更大因素的影響……我能看見這些現象。既然能看見，也就代表能干涉。雖然沒辦法自由自在地駕駛電車，但我能在某個點控制轉轍器，切換電車前進的方向。」

「所以，我們現在能對話，是因為有妳的能力嗎？」

「是我把這樣的未來拉過來的。」

我忍不住搖搖頭。這也太天馬行空了……

「而且現在，有一輛電車開始失控了──」美里用低沉的聲音說道。「剛才的槍擊案──接下來會發展成連續殺人。」

我的心裡竄起一股寒意。

「連續殺人……？」

「除非有人──不，除非你切換前進的方向。」

一瞬間，大腦拒絕理解。

「等一下……妳說『我』嗎？」

「……嗯。」美里點頭。「只有你能改變這個命運。如果你沒有找出犯人，就無法阻止連續殺人案。」

「什麼啊……」我不禁陷入苦惱。「不對，等一下。既然妳可以看到未來，不是也能知道我接下來會怎麼選擇嗎？不只如此，就連犯人的真面目，還有我能不能找到犯人，妳也全都……」

美里搖搖頭。

「不論是觀看未來還是干涉命運，都有其極限。我不知道犯人是誰，也不知道你能不能阻止悲劇發生。」

我嚥下一口口水。頭部被子彈打穿時的「死亡體驗」在我的腦海中復甦。色彩鮮豔的光芒在眼前閃爍。我感到頭暈、心跳加速、冷汗直流，身體更開始顫抖……

我真心感到害怕。我不是那麼勇敢的人，並不想再死一次。

「我辦不到。我沒有聰明到能破案，也沒有強到能打贏拿槍的人。就算能從眼睛看見過去，頂多也只是有點奇特的影音播放器而已。」

「沒有那回事！」美里用強而有力的語氣說道。「阿窈很聰明，也很堅強。」

「妳怎麼知道？」

「因為我能看見未來。從你剛才問我的問題，我就能確定一件事——你一定會努力找出犯人的。」

我搖搖頭，然後切斷連結。

重獲自由的三郎在地上伸懶腰，就像是在抱怨我們講了很長的電話。我跟美里對話的期間，三郎都莫名地乖巧。

不知不覺間，外頭已經下起雨來。水滴從落地窗上滑落。我的目光停留在某一個水滴上。那個水滴很大，看起來很快就會直直往下墜落。

有好一段時間，我始終盯著它看。

那個水滴往旁大幅偏移，朝著意想不到的地方流去。

3

門鈴將我從睡夢中吵醒。我直到清晨都很清醒，吞了比平常更多的抗焦慮藥物和安眠藥，好不容易才剛睡著。

一直開著沒關的電視正在報導昨天的槍擊案。熟悉的舊公寓和一臉嚴肅的主播出現在電視上。攝影棚裡展開一段批評警察遺失手槍的論述……

門鈴響了第二次。身體總算找回生硬的輪廓。我看了時鐘，現在是星期六的上午十點。這棟公寓並沒有對講機那種先進的東西。我站到全身鏡前面，姑且整理一下睡亂的頭髮。門鈴再次響起。「來了來了……」我在玄關隨便套上涼鞋，解開門鎖和門擋，打開房門。

——門外是一對表情悲戚的男女。

彷彿有一股帶著藍灰色煙霧的空氣入侵到房間內部。兩人身上都穿著黑色的衣服，給人某種鬆垮垮的印象。就像布料會從一個鬆脫的地方漸漸變回線，他們好像也會從忘了刮的鬍子或脫妝的地方開始漸漸崩潰。

「你好，很抱歉一早就來打擾……」年齡看似五十出頭的男性說道。「我們是住在隔壁房間的天崎華鈴的父母。」

啊——我這才發現，自己第一次聽說死者的名字。

「你們好……」我有點不知所措地低頭行禮。

「我們聽說你一聽到槍聲就馬上趕過去查看了，非常謝謝你。」

他們似乎是專程來道謝的。可能是因為腦袋昏昏沉沉，我沒辦法好好把對話內容聽進去。天崎華鈴好像跟我就讀同一所大學，是大我一屆的學姊。說到遺體需要經過驗屍，不知何時能回家的時候，母親哭了。

我察覺異狀，低頭往下看。她的左手手腕纏著繃帶。從日曬程度看來，肯定是最近才造成的。當我注意到這一點，關於她的細節突然被放大了。亂糟糟的頭髮、蒼白的肌膚、腫脹的眼瞼、焦慮的情緒……

父親問起事發當下的情況，我便詳細交代了來龍去脈。當然是除了貓和看見過去的事以外。

這時候，母親開始用某種哀求般的眼神注視著我。我跟她四目相交——我察覺到一股危險的氣氛。我心中類似責任感的情緒告訴我，不能拋下她不管。

連結眼球與眼球的時候，有一個條件。

「若對象是人類，必須在流淚時才能連結」——

如果對象是人類以外的動物——比如三郎，那就只要窺視眼睛即可；但如果對象是人類，就必須經過另一道步驟。可能是因為人類具有的強大理性會構成某種防護機制，阻礙連結。只有在流淚的時候，這道機制會稍微鬆懈。

所幸，眼前的母親已經開始流淚。

我窺視她的眼睛——

這個瞬間，記憶如搖晃過的可樂般溢出，朝我湧來。記憶的「壓力」太大了——！我在一瞬之間被記憶吞沒，腦袋開始冒泡，在海馬迴烙下無法抹滅的印記。我趕緊切斷連結。

眼淚從我的雙眼溢出。

死者的父母一臉困惑地面面相覷。我試圖辯解，卻只能發出嗚咽。母親像是對我有所共鳴似的哭了。

「真的很抱歉。」父親說道。「你應該也受到不小的驚嚇，我們卻突然跑來打擾……」

我連一句反駁都說不出來。

死者的父母離開後，我無力地關上房門。我暫時呆站在玄關，不停地哭泣。然後身體像是想起什麼似的，有胃酸開始湧出，讓我跑進廁所裡嘔吐。我覺得自己彷彿被記憶的碳酸溶解了骨骼，整個人都癱軟無力。

4

「眼睛」在黑暗中睜開……

鮭魚飛越空中。

那是鮭魚排。

鮭魚排在空中旋轉，摔碎在地上。

盤子破了。

兩人正在激烈地互相叫罵。各種不堪入耳的言語就像暴風雨，甚至帶有殺意。衝突持續擴大，又有餐桌上的盤子成了犧牲品。第二片鮭魚排飛越空中。

我嘆了一口氣。好麻煩。

下一個瞬間，我皺起表情哭泣，並且用令人同情的稚嫩聲音說道：

「爸爸、媽媽，拜託你們不要吵架，我們一起吃鮭魚吧。」

然後我把掉在地上的鮭魚撿起來，放到破碎的盤子裡，拿回餐桌上吃了起來。爸爸和媽媽變得很沮喪，停止爭吵。他們總算發現自己有多愚蠢了。

「對不起，媽媽煎新的鮭魚給妳，妳去漱漱口吧……」

媽媽走向廚房，我則走向洗手間。我把剛剛自己假裝吃掉，其實藏在舌頭下面的髒鮭魚吐到面紙上丟掉。鏡子裡的臉看起來一點也不傷心，頂多是擦掉眼淚的眼睛有點泛紅，完全不留哭過的痕跡。

我微微一笑。

我非常聰明，也非常可愛。

5

「眼睛」在黑暗中睜開……

接下來是四年級的表演——廣播如此宣布。

「劇名是《羅密歐與茱麗葉》。」

體育館安靜下來，布幕開始升起。

寫著「戲劇發表會」的橫布條下方有手工製作的背景與大道具。愈高的年級，舞臺布置的品質也就愈高，讓我不禁感到佩服。

小朋友們從舞臺兩側現身，開始表演。

我迫不及待地等著主角的出場。

然後「那孩子」在聚光燈的照耀之下現身了。

轉眼間，整座舞臺就像有了鮮花的點綴，更顯動人。茱麗葉穿著我讓雙手布滿傷口才做好的禮服，就像剛出落般美麗。讚嘆所產生的漣漪幾乎遍及寧靜的人海。

「只有華鈴演得特別好。」丈夫在我耳邊輕聲說道。「她將來一定能成為演員。」

我的女兒能成為演員——

光是想像，我就感到心花朵朵開，彷彿沐浴在春日暖陽之中。

我的人生就像一條素色的抹布。

小學一年級，我跟四個好朋友一起在初次打掃的時間攤開抹布，當時其他同學的抹布上都有花朵、動物或動畫角色的刺繡，卻只有我的抹布沒有圖案。現在回想起來，我覺得那條抹布似乎就象徵著我的人生。絕對不是美麗的純白，而是索然無味，跟多數人一樣有點骯髒的人生。白淨的部分頂多只有我的肌膚，這是我唯一暗中感到自豪的地方。

繼承了我的肌膚、我的一半血統的女兒在舞臺上受到聚光燈的照耀，雙頰閃閃發亮——我將左手抱在胸口，感受自己的心跳。那孩子愈是成為目光焦點，我就愈能遠遠地反映她的光芒，像螢火蟲一樣閃亮。

表演結束後，接著是謝幕的時間。孩子們橫向排成一列，高舉牽起的手。為了讓孩子們看到家長的反應，燈光也照亮了觀眾席。妳一看見我們夫妻，立刻綻放笑容，對我們揮手。我用左手牽起丈夫的手，一起揮舞雙手回應妳。我們能夠維持夫妻身分到現在，正是因為有華鈴將我們緊緊相繫在一起。

我們的華鈴——

妳非常聰明，也非常可愛。

6

「眼睛」在黑暗中睜開……

鏡子裡有張女人的臉。年齡大約是四十多歲。但是看起來莫名衰老，幾乎像是一個老婦人。紅腫的眼睛下方刻著深深的法令紋。臉頰下垂，嘴唇邊緣有口水流出。嗚嗚嗚嗚嗚——她發出不知是哭泣還是呻吟的野蠻聲音，猛抓自己的頭皮，將混著白髮的頭髮弄亂。她用血紅色的手指將剃刀拿到右手上，即將爆發似的嘶吼。

然後將刀刃抵在左手腕上——

7

我從床上跳了起來。

全身都被汗水浸濕，像冰一樣冷。強烈的痛楚讓我不禁緊緊握住左手腕。我還以為會有鮮紅色的血液從手指之間溢出。

——我戰戰兢兢地打開右手。

左手腕沒有任何異狀。

我鬆了一口氣，擦拭臉上的汗。

是「記憶的殘影」——我心想。

從眼球流向我的記憶氣泡會留在腦海深處，顯現在我的睡夢中。

發現DNA雙螺旋結構的弗朗西斯·克里克曾說過，夢是大腦處理資訊的過程中出現的產物。根據這個說法，透過眼球滲進我腦中的記憶會在睡眠時與我本身的記憶一起經過大腦的資訊處理，讓我夢見剛才那種他人視角的情境。

我在一夜之間，體驗了天崎華鈴與其母親，共兩人份的視角。

母親果然曾經嘗試割腕。我親身體會到她的心理狀態有多麼危險。生與死的天秤不論倒向哪一方都不奇怪。即使只有一把剃刀的重量。

一個曾經在高中排球社的社辦反覆割腕的女生對我說過「這是一種呼吸方式」。她說自己是某種孔雀魚。就像孔雀魚只能在水中呼吸一樣，她也只能在黑暗中呼吸，而這就是她的鰓——她會對任何人展示傷口，因此引發問題而退學。但如果她說的是實話，天崎華鈴的母親或許也是想活下去，正在拚了命嘗試新的呼吸方式。

我沖了個澡，然後打開落地窗，在窗邊坐下。

夏天的雲朵緩緩飄過天空。三郎走了過來，在我的腿上伸懶腰。我撫摸起牠的毛茸茸肚子。

我深深嘆了一口氣，然後站起來。

我坐到書桌前，用電腦打了一篇文章。我一邊猶豫——一邊慎重地寫著。就算三郎對我撒嬌，我也沒有分心。大約花了兩個小時，我總算完成文章，用A4的影印紙列印下來。然後，我把它封在水藍色的信封裡，為了隱藏筆跡而用尺在信封上寫下這些字：

「來自死者的信」——

8

我搭上從新宿車站開往山梨縣甲府市的長途巴士。雖然只是兩個小時再多一點的車程，卻是我到東京以來最長的移動距離。三郎留在租屋處看家。可能是因為「記憶的殘影」讓我昨晚睡得很淺，所以我搭車時幾乎都在睡覺。

在甲府車站一下車，我便感覺到悶熱的空氣。這裡日照很強，比東京熱得多。時間是下午兩點。我踏進車站大樓的甲府CELEO購物中心，隨便解決午餐之後，前往六樓的屋頂。

御坂山地的另一頭，湧出積雨雲的天空中，富士山的山頂呈現漂亮的藍色。

我坐在長椅上，打開一張紙。天崎夫妻昨天告別時，留了這張聯絡方式給我，上面寫著電話號碼與住址。我用手機的地圖APP再次搜尋路線。

然後我搭著巴士在甲府市內移動，又在寧靜的住宅區走了十分鐘左右。

突然間，強烈的既視感向我襲來。

這條路前面——應該有那個家。

我隨著記憶的引導，在路口轉彎。

不出所料，天崎家就在那裡。屋齡五～六十年的平房。我有種時空錯亂的感覺，類似暈眩……我在夢裡見過這個家。我成為天崎華鈴，以及她的母親，在這個家生活。難以言喻的哀傷觸動了我。

我從背包裡取出「來自死者的信」，放在玄關門前。

——這個時候，我感覺到背後有動靜。我反射性地逃往庭院。從我在這個家玩躲貓貓的經驗可以得知，庭院裡有很多適合躲藏的地方。

「嗯？這是什麼……」

帶狗散步回來的父親撿起水藍色的信封。他挪開老花眼鏡，疑惑地看著這封信。取出裡面的信之後，他馬上慌慌張張地跑進家裡。被留在原地的柴犬大約轉了三圈，便自己回到狗屋。

——糟了，狗擋在我逃走的路上。腳步聲離我愈來愈近。我趕緊躲進簷廊下方。夫妻馬上走過來坐在簷廊邊，四條小腿於是排列在我面前。

「來自死者的信……？這是什麼，惡作劇嗎？」

「我不覺得只是單純的惡作劇。上面用華鈴的口吻，寫著只有華鈴知道的事。」

「來自死者的信」並不完全是憑空創作。我運用滲進自己腦中的死者記憶——努力揣摩，才寫出這封信。我做的事情或許類似某種通靈。

「給媽媽和爸爸……」

母親開始朗讀這封信。

給爸爸和媽媽：

我現在正用非常特殊的方法，請別人代替我寫下這封信。因為事情發生得太突然了，所以我還沒有作好心理準備。我想爸爸和媽媽應該也是一樣的。一想到這一點，我就覺得非常心痛。

我之所以會請別人替我寫信，都是因為擔心媽媽。媽媽為了我而陷入悲傷的情緒，真的讓我很難過。

我們以前經常一家三口坐在簷廊邊，看著積雨雲吃西瓜呢。爸爸把西瓜籽吐得很遠，最後在庭院發芽甚至結果，於是我們三個人又一起笑著吃掉了那些西瓜，這些我都還記得很清楚。我吃完西瓜之後，總是會莫名打起瞌睡，就把媽媽的腿當作枕頭了。我喜歡抓住逗弄我耳朵的左手，拿到臉頰上磨蹭。因為媽媽的皮膚非常滑嫩，跟廚房的磁磚一樣冰涼……感覺很舒服。

天堂也有夏天，有積雨雲，有西瓜，有簷廊。我可以在天堂成為自己想要的樣子。我會變成一個臉頰又圓又紅，像被袖子擦過的蘋果一樣的小孩子，等著你們的到來。我會在這裡用乾淨的井水，冰鎮西瓜。請你們長命百歲，帶很多回憶來跟我聊天。我們三個人一起吃西瓜，而且我要躺在媽媽的腿上打瞌睡，聽你們說著長長的故事……再用媽媽的手磨蹭我的臉頰。

我愛你們。

華鈴上

母親發出嗚咽，哭喊女兒的名字。四條小腿互相依偎著。我躲在黑暗之中，心情十分複雜。

不過，暫且是讓對方好好哭出來了。就像稍微打開寶特瓶的蓋子，靜靜釋放碳酸一樣。

我想像一座天秤。

剃刀的另一邊放著一封信，於是天秤往那邊傾斜……

9

總算逃出天崎家之後，雖然稱不上思考，但我一直漫不經心地想著事情。就算回到公寓，鑽進被窩也持續想著。

我是個膽小鬼。我有想要幫助他人的念頭，卻更害怕遭遇危險的事。從以前就是這樣。就連那個時候，我也動彈不得——

一把傘在眼瞼的黑暗中飛起。

那是鮮紅色的傘。

背景是沉重的烏雲。

傘飄落到揹著書包的黃色雨衣旁。

紅色的書包——是個女孩。

看似驚訝得睜大的雙眼注視著我。

光芒從那雙眼裡消逝，速度快得嚇人……

或許是安眠藥奏效了，我不知不覺進入夢鄉。我在來路不明的暴風中徘徊，最後踏進風眼。那裡充滿柔和的金黃色光芒。

是關於美里的夢。

她待在那個有書架的房間。穿透蕾絲窗簾的陽光溫暖了她那頭細軟的頭髮。櫻花造型的髮夾在她的耳朵上面發光。不知為何，我總覺得自己見過那個髮夾，但怎麼就是想不起來。

美里靜靜地讀著書。我覺得她這副模樣非常漂亮。

10

早上一起床，我就喝了一杯水，除此之外什麼都沒吃。

「過來這邊，三郎。」

正在棉被上睡回籠覺的三郎抖動一下耳朵，帶著一副「要吃飯了嗎？」的表情走過來。我原本並不是要餵牠，但因為覺得牠很可憐，就給牠吃了貓食。

接著，我窺視牠的眼睛——

我馬上被拉了過去，美里出現在視野中。這次的日期好像跟上次不同。她穿著淡綠色的寬鬆款春季毛衣，揮著長長的袖子對我說：「阿窈，你好呀。」

「早安，美里。我剛剛才起床。」

「我就知道。因為你的頭髮翹起來了。」

我按住翹起的頭髮。但我一放開手，頭髮就立刻復活了。美里露出虎牙一笑。

「美里，我今天有話想告訴妳……」

我提起「來自死者的信」。

「不只是這次，我以前也寫過好幾次。有時候也會引起騷動，被當成都市傳說。雖然我一開始也曾失敗，但漸漸寫得愈來愈好，成功拯救了各式各樣的人……」

我一時語塞。原本靜靜聽著的美里開口說道：

「可是，你對自己的行為抱持疑問吧？」

我嚇了一跳，感覺她似乎看穿了我的內心深處。

「……是啊，我想應該是。怎麼說呢？這可能真的是一種偽善。擅自窺視他人的記憶，擅自替他人發聲……我算哪根蔥啊。可是，我也害怕因為自己的無所作為而導致最壞的結果……到頭來，一切都是自我滿足。」

接著是一段沉默。但這不是令人不舒服的沉默，而是珍惜某種事物的沉默。就像在等待剛羽化的柔軟翅膀轉硬一樣。過了一陣子，美里說道：

「真正的『善』是什麼呢？」

「真正的『善』——？」

「舉例來說，如果我殺了人呢？」

我嚇了一跳。如果美里殺了人——？我覺得她連蟲都不忍殺，何況是人。我這麼說道：

「殺人當然是『惡』了。」

「我看得見未來。如果那個人是將來會殺死五萬人的殺人魔呢？」

我答不出來。

「……那或許是『善』。」

「真的嗎？那五萬人或許全都是會殺死五萬人的殺人魔喔？」

「妳這麼說不是馬後炮嗎？」

「除非能知道世上的一切，否則馬後炮會永遠持續下去。在本質上，任何人都無能為力。」

「……確實。」

「我認為到頭來，認知的極限就是道德的極限。如果看不見五萬名死者，造成一名死者就是所謂的惡。我看得見未來，阿窈則看得見過去。換句話說，我們的認知跟普通人不同。所以我們的道德觀當然跟普通人不同，而且我們必須找到自己專屬的道德觀。」

「那種『自己專屬的道德觀』難道不是自我滿足嗎？」

「『道德觀』這種東西本來就是自我滿足。因為我們不是神。在神的認知中，人類的善惡肯定只是枝微末節的問題。人類能做的，只有在迷惘中盡自己的全力。」

神的認知……我起了雞皮疙瘩。因為我發現一件可怕的事。

「在妳的認知中，昨天那封『來自死者的信』是善嗎？還是惡？妳應該知道有送信跟沒有送信的結果有什麼差別吧？」

美里用筆直的目光看著我，陷入沉默。這次的沉默很沉重，重得彷彿會把羽化的翅膀壓得面目全非。最後，美里帶著同樣的表情，這麼說道：

「——是『善』。如果你沒有送信，媽媽會先自殺，然後爸爸會在隔年抑鬱而終。」

我鬆了一口氣，肩膀頓時變得輕盈。我確實救了兩條人命……想到這裡，我的胸口就湧出一股暖意。

「美里——」我下定決心。「我決定找出槍擊案的犯人。老實說我很害怕，也沒有自信，但如果只有我能幫忙，我還是想幫忙。」

美里溫柔地微笑，這麼說道：

「我早就知道你會這麼說。不，我相信你會這麼說。我們今後一起努力吧！」

美里跟三郎握手。

我也跟三郎握手，然後笑了。

第二幕

1

如果這是動作片，現在應該要開始練空手道或是功夫，準備與真凶來一場最終對決，但我一開始做的事是閱讀。

「你先看完《如願》吧。我得去準備午餐了。」

美里這麼說，笑著對我揮舞雙手。既然她都這麼可愛地拜託我了，我也只好照辦。

我因為想盡量減少外出，所以買了電子書。做著這些事的期間，週一的遠距教學開始，須貝傳了訊息給我。我跟他聊起這陣子發生的事（當然隱瞞了美里和看見過去的事），時間便在轉眼間過去了。

下午要停課。聽說大學也有很多事情要開會。

我餵三郎吃飯，自己吃了加熱的冷凍食品，開始閱讀莎士比亞的《如願》。我是第一次讀劇本，所以一開始很難專心，經常呆呆地想著關於美里的事。她現在幾歲呢？感覺應該跟我差不多。她一個人住嗎？所以她跟我一樣是大學生──？

不知不覺間，我開始專心在書本上，在三郎的干擾之下一口氣看完了。

我到了傍晚才終於看完，然後窺視三郎的眼睛——

美里穿著跟今天早上一樣的服裝，周圍的光線還是白天。

「莎士比亞如何？」

「有趣得讓我嚇一跳。臺詞寫得很有創意，實在不像是四百多年前的作品。」

「對吧，莎士比亞真的很厲害！」

美里雙眼閃閃發光，開始天南地北地大聊莎士比亞。她的表情不停地轉變，十分可愛。雖然完全脫離了正題，但她看起來興致勃勃，所以我不忍心阻止她。

「……嗯？怎麼有煙味？」

三郎的敏銳嗅覺捕捉到了異味。仔細一看，美里的周圍也有淡淡的煙霧正在瀰漫。

「咦——？」她環顧四周，睜大眼睛。

然後，她叫出「啊」的一聲，手忙腳亂地跑向視野之外。她那邊的三郎追了上去。美里住的房子比想像中還要大得多，應該是東京的高級公寓。蕾絲窗簾外面隱約能看見許多大樓的屋頂。百吋等級的螢幕與沙發、玻璃桌、長毛地毯、觀賞植物……屋內擺放的都是看起來品質相當好的家具。

在中島型的系統廚房，平底鍋正冒出陣陣煙霧。

「啊、哇、哇、哇、哇、哇——！」

美里像漫畫般用雙手搧風，不知該如何是好。

「美里，總之先關火！」

我不禁這麼大喊，但沒有任何意義。美里自己把爐火關掉，一把抓起毛巾抹布。這個動作把菜刀掃落，插到了地上。三郎嚇得跳開。美里把毛巾浸濕，蓋到平底鍋上。平底鍋開始滋滋作響，冒出水蒸氣……

總算化解危機之後，我鬆了一口氣。美里沮喪地垂下肩膀，抱起三郎，回到有書架的房間。

「嗚嗚……」她的臉上掛著欲哭無淚的表情。「我本來只是想跟阿窈聊一下的……」

「我還以為妳已經吃完午餐了。正在用火的時候怎麼可以離開呢？」

「對不起……」

「沒想到妳這麼冒失。妳沒有看見平底鍋燒焦的未來嗎？」

「嗚嗚……太過分了……不要這樣糗我啦——！」

雖然很可憐，我還是忍不住笑了。

我一度切斷連結，再重新連結——這時候，那邊已經過了一段時間，廚房的清掃和午餐都解決了。美里就像什麼事也沒發生一樣，重新切入正題。

「好了，我之所以請你讀莎士比亞——是因為接下來有必要請你加入大學的戲劇社。」

「戲劇社——」我不禁叫道：「咦，為什麼是戲劇社？」

「嗯……」美里稍微思考了一下後說道：「如果你踏進一座迷宮，看見一個牌子上寫著出口在右邊，你就會往右邊走吧？」

「嗯。」

「出口就在戲劇社。」

「原來是這個意思……？」

我忍不住嘆了一口氣。美里用同情的表情說道：

「我想應該很辛苦，你要加油喔。請努力趕上一週後的入社試鏡。」

「咦，參加社團還要先通過試鏡嗎！」

「沒錯，因為社長是很有個性的強人。」

「真的假的……我還寧可去練功夫。」

「功夫？」美里歪頭問道。

「沒什麼啦。話說回來，我根本沒有演過戲耶。只有一週的時間，真的能練出像樣的成果嗎……？」

「別擔心，我會教你的。」美里挺胸說道。

「美里，妳演過戲嗎？」

「演過一點。沒問題的，只要認真演就會及格！我能看見那種未來。」

「真的嗎……」

我的不安就像平底鍋的煙一樣，一陣一陣地冒個不停。

「那麼，先從發聲練習開始吧——」

美里沒有注意到這陣煙，高興地說道。

2

一週很快便過去了，快得令人驚訝。我在遠距教學的空檔跟美里閒聊，放學後則練習演戲，不斷反覆的過程讓我非常樂在其中。如果能一直持續這種生活就好了——雖然我這麼想，但大學一如美里的預言，重新開始實體教學，所以我也必須到學校報到。

從駒込車站搭電車到高田馬場，還要再步行約二十分鐘才會到大學。

久違的校園甚至令我感到懷念。

我在隱密處打開外出籠，把三郎放出來。這是美里的指示。接下來好像會需要牠的幫忙。牠只回頭瞄了一眼，便踏著悠閒的腳步離去。

我走向第一堂課的心理學教室。出入口放著消毒液，門上還貼著嚴禁私下交談的標語。我隨便找個位子坐下，馬上就聽見無視於警告的閒聊了。

「我最近正在跟男朋友遠距同居。」

「遠距同居？」

「就是一直開著視訊，整天都在聊天。」

原來如此，現代還有這種概念啊……我如此心想，像個老人般感到佩服。

「這樣還會注意打掃跟服裝儀容，好處很多喔。」

我也把房間打掃得很乾淨，還把微薄的積蓄全部花光，用來自製貓跳臺。我一早起來就會乖乖洗臉並換好衣服。

等等，難不成我和美里的關係也類似「遠距同居」嗎……？

一想到這裡，我就突然感到害羞，使口罩下的臉頰漸漸發燙。

——對了，這麼說來，我還沒有跟美里交換聯絡方式。因為她巧妙地轉移話題，所以我沒能問出來。手機明明比貓更方便，為什麼呢——？

心理學的課堂開始了。

好好上課的話，我也能了解美里的心理嗎——我傻傻地這麼想。

3

大約在下午四點上完所有的課以後，我前往文藝類社團的社辦大樓。我馬上得知戲劇社的社辦位在二樓的盡頭。因為那裡貼著公告。

『戲劇社　現正熱烈招募社員！在舞臺上揮灑你的熱血吧！死也要死在舞臺上！邀請各位勇者，前往名為試鏡的決鬥場！』

這段文章用極度熱血的毛筆字，寫在Ａ４的紙上。同樣的公告沿著二樓的走廊，一直貼到最深處。而且最可怕的是，這些公告不是影印的，每一張都是手寫而成。我幾乎能從中感受到某種瘋狂。

「我只想加入回家社……」

我忍不住用真切的語氣低聲說道。當然沒有人會傾聽我的抱怨。

這個時候，我忽然聽見一陣哀號。

呀啊啊啊啊啊啊……

這陣哀號聽起來有點瘋狂，類似臨死慘叫，又帶著一點悲哀的音色。

然後，盡頭的戲劇社社辦的門突然敞開了。

我張大嘴巴，僵在原地。

一個滿頭是血的男人從門內跌了出來。

鮮紅色的血從裂開的額頭中流出，他就像喪屍一樣搖搖晃晃，用極度不正常的步調朝我走來。

「去死去死去死我一定要殺了你……」

他嘴裡還低聲唸著恐怖的詞彙，讓人毛骨悚然。我趕緊跟牆壁融為一體。滿頭是血的男人好像沒有看見我，就這麼走了過去。

……不管怎麼想都很不妙。社辦裡到底發生了什麼事！「在舞臺上揮灑你的熱血」不是一種比喻嗎？現在還是暫時撤退，重振旗鼓吧……我這麼為自己找藉口，並且轉身離去的時候——

「你想加入我們社團嗎？」

我被叫住，嚇了一跳。我站著裝死，卻好像騙不了背後的人。冷汗從背部流下。

我戰戰兢兢地……回過頭。

一名半裸男子抬頭挺胸地站著。

他的下半身穿著牛仔褲，經過鍛鍊的上半身卻是一絲不掛。不，以一絲不掛來形容並不貼切。他的濃密胸毛持續延伸到肚臍下方，甚至可以用穿著一身胸毛來形容。

「你想加入我們社團吧？我看得出來……」

他的外表明明跟超能力者完全沾不上邊，卻說著像是超能力者的話。

「過來吧，別愣在那裡，我讓你參加試鏡。」

我在轉眼間被男人緊緊抓住，帶往社辦。

社辦的空間大約有室內足球的球場那麼大。牆邊的架子上塞滿了看似舞臺道具和服裝箱的東西，還有投影幕與投影機。

——不過，這些細節一點也不重要。

因為地上掉著沾滿血的木板。

既然地上掉著沾滿血的木板，正常人的眼裡當然容不下其他東西。畢竟那是沾滿血的木板。

「好了，讓我見識你的實力吧。」男人這麼說道，在防止傳染的壓克力板對面的椅子上坐下，用撫摸下巴鬍子般的手勢摸著胸毛。事到如今，我的視線只能在沾滿血的木板和胸毛之間反覆橫跳了。

「對了，我還沒自我介紹。我叫阿望志磨男，是戲劇社的社長。」

原來如此，他就是美里所說的「很有個性」的強人社長啊。確實在各方面都很有個性……

「請問……為什麼地上有沾滿血的木板？而且你為什麼要打赤膊？」

「你不覺得先自我介紹才是禮貌嗎？」

「啊……我是紙透窈一。」

「好，紙透，你是二號參賽者。現在開始試鏡。」

……他似乎不打算回答我的問題。

阿望從口袋裡取出折起的紙張，朝我丟過來並說道：

「順便問問，你有戲劇經驗嗎？」

「沒有，我是新手。」

「那就從五十阿望分開始算起。」

雖然不知道阿望分是什麼單位，但我姑且打開他給我的紙——內容讓我很驚訝。

「你知道上面寫的是什麼臺詞嗎？」

「……莎士比亞的《如願》中，傑開斯的臺詞。」

「哦！你竟然知道，那就加三阿望分！好了，你現在演演看吧。」

我調整呼吸，開始演戲。

「整個世界是一座舞臺，所有的男男女女不過是演員罷了——」

阿望撫摸胸毛的手頓時停止。我發現自己有驚人的進步。

我想起自己與美里一起練習的過程。她的建議非常精準。那些話迅速滲透到我體內，接下來就能馬上增進自己的演技。就像在踏腳石上輕快前進一樣。也許她知道要怎麼做才能讓我進步，所以會引導我往那樣的未來前進。我隱約感受到美里話中所謂的「命運」。

「嗯……」我演完之後，阿望用佩服般的語氣說道：「你真的是新手嗎？」

「算是，我大概練習了一個星期。」

「一個星期——！」阿望豪爽地笑了。「原來如此，一個星期啊！很好，扣一十阿望分！」

「咦！為什麼是扣分？」

「阿望分扣到零就及格了。」

「太難懂了吧！」

一開始的加三分竟然對及格不利……阿望露出由衷感到愉快的表情，這麼說道：

「好了，還有三十三分，拚命爭取分數吧！」

前面的路還很長……當我開始有點絕望的時候，社辦的門被打開，一個戴眼鏡的女學生衝了進來。接著，她喊出我連想都沒想過的話。

「出事了——有人放火！」

4

阿望維持打赤膊的狀態狂奔，而我追在他的背後。一片灰燼乘著風朝我們飛來。焦臭味竄進鼻腔。社辦大樓的東側有猛烈的火勢，將白色的牆面燒得焦黑。現場已經聚集了一大群人，有不尋常的聲音從那裡傳出。

「放開我！放開我啦！」

滿頭是血的男人被別人從背後架住雙臂，正在瘋狂掙扎。看到他以火焰為背景的模樣，我感到毛骨悚然。

「啊，窈一！那不是窈一嗎！」

壓制染血男的人突然這麼說道。他的體格很好，留著黑色短髮，看起來像運動員。仔細一看，我才發現他是須貝健太郎。我們在四月成為朋友，之後大學就馬上進入遠距教學，所以我們一直都只用聊天軟體聯絡，我才會沒有馬上認出他來。戴著口罩也是原因之一。

「窈一，幫我一下！」

我反射性地採取行動。我跟須貝一起壓制染血男。阿望高聲叫道：

「滅火！快滅火！」

在阿望的指揮之下，我們用水桶接力的方式，持續對火源潑水。有人拿來兩支滅火器，放出強勁的噴霧，這才終於將火撲滅。

在冒出白煙的殘骸之前，一個女生跪在地上啜泣。這個女生的服裝風格很新潮。她頂著一頭髮尾染成粉紅色的金髮，頭上戴著粉紅色的鴨舌帽，還穿著圖案像是喝醉的畢卡索畫的曼赤肯貓的襯衫。

「嗚嗚嗚……我精心打造的大道具都毀了——！」

聽說事情經過是這樣的：隔離期間，大道具、小道具組在住處努力製作道具，然後用出租卡車載送過來。社員將這些道具從車上卸下，準備搬進社辦，只不過稍微離開一下，回來時就發現起火了。

「所以，這傢伙就是縱火犯吧……」

阿望雙手抱胸，看著染血男說道。

「是的，他剛才看著火焰流淚，嘴裡還唸唸有詞地說著去死去死去死。」

「那就肯定沒錯！」阿望強而有力地點頭說道。

「不對，不是我幹的——！」染血男突然大叫。「我只是精神恍惚……才沒有放火！」

「誰會相信你這種滿頭是血的男人說的話啊！」

阿望怒吼道。但我覺得打赤膊的男人恐怕也同樣缺乏可信度。

忽然間，我的腳覺得有點癢。我低頭一看，發現是三郎來了。我把牠抱起來，偷偷移動到隱密處。然後，我窺視牠的眼睛——

美里露出傷腦筋的表情。

「發生了不得了的事呢。」

「情況轉變得太快，我都頭暈腦脹了。妳早就知道事情會變成這樣吧？」

「嗯，可是阿望學長實在太有個性了，我每次看都會笑。」

美里用可愛的舉止竊笑著。然後，她把眼角的淚水擦掉，這麼說道：

「那麼，接下來，你要找出真正的縱火犯。」

「咦，我嗎？到底要怎麼做？」

「沒問題，簡單得很，因為你有可愛的目擊者。」

「可愛的目擊者……？啊啊，我懂了。」

我暫時切斷連結。三郎正歪著頭。

我再次窺視牠的眼睛——

「我來挑戰了————！」

耳朵突然聽見很大的聲音。受驚嚇的三郎差點從陽臺的欄杆上掉下去。阿望的回應從敞開的窗戶中傳出。

「放馬過來吧————！」

砰！門應聲打開，目前還沒有染血的染血男意氣風發地踏進社辦。

「我名叫佐村猛！是一年級新生！自從高一時看到當時高三的阿望學長演戲，我就一直很崇拜學長！」

「好志氣！」還穿著T恤的阿望說道。阿望穿著雙胞胎野鼠《古利和古拉》的T恤。這跟他的形象未免差太多了。

「好，現在開始試鏡！」

阿望坐在折疊椅上，佐村則站到壓克力板的對面。兩人都將口罩取下了。

「那麼一開始，你先發射『龜派氣功波』吧。」

「龜……『龜派氣功波』嗎？七龍珠的？」

阿望點頭表示肯定。龜派氣功波……？我一頭霧水，覺得有點傻眼。可是佐村說：「原、原來如此……龜派氣功波啊……不愧是阿望學長……！」好像勉強接受了什麼。

「龜～派～氣～功～波————！」

他發射了。真是了不起。如果我當時在現場，應該會忍不住鼓掌。

但是阿望用沒什麼變化的表情說道：

「沒有出來……」

「咦？」

「龜派氣功波！沒有出來啊——！」

不，龜派氣功波當然不會出來了。基本上。

「……！非常抱歉，請讓我再試一次！」

「呼…………！」佐村這次做出從空氣中凝聚某種能量的動作。「龜——派——氣——功——波——！」

太了不起了。我能看見他發射出來的能量。

但是阿望站起來發飆了。

「就是沒有出來啊——！給我炸碎壓克力板，讓疫情大爆發啊——！」

「非……非常抱歉……！」

太強人所難了……阿望一臉不悅地坐回椅子上，這麼說道：

「加十阿望分。」

「咦……？謝……謝謝學長……！」

佐村很高興，但這是陷阱。其實他離終點愈來愈遠了。阿望把一張折起的紙扔給表情稍微亮起來的佐村。佐村打開紙張一看，便睜大了眼睛。

「這、這是阿望學長的傳說劇碼《轍之亡靈》的一幕……！」

接到演戲的指令後，佐村環顧四周，從架子上抽出一塊木板。然後他一度深呼吸，開始演戲。

「噢，人的命運就是如此嗎？脆弱得難以依靠，剛強得難以摧毀……」

他開始表現遭受命運捉弄之人的感慨與悲哀。感情隨著臺詞的進行而逐漸增強，終於到達極限的時候，他用木板敲打自己的頭部。沉悶的聲音響起，鮮血從他的額頭流出。佐村哭著敲打好幾次，變得滿頭是血。

他是所謂的附身型演員嗎？我雖然受到震撼，但老實說，也覺得有點恐怖。

「夠了，夠了——」阿望打斷他的表演。「你不及格。」

「……咦？」佐村半翻著白眼，搖搖晃晃地站起來。「不及格……？為、為什麼……？」

「我看過你高中時的演技……」阿望用嚴肅的表情說道。「你曾經為了表演，爆瘦到幾乎要餓死的地步。你靠著這股衝勁震撼評審，拿到全國冠軍。我當時很驚訝，心想天啊，竟然還有這麼驚人的高中生。」

「既然這樣，為什麼……為什麼我會不及格……？」

「因為『有衝勁』跟『演得好』是兩回事。」阿望的表情變得很帥氣。「你只是用了爆瘦或是流血等方法來表演，如果要比喻，就像是你在撐竿跳。你只是借助道具的力量，看似跳到了最高點。但如果沒有道具，你就無法跳得那麼高……到頭來，你的慾望在於『希望別人覺得你演得很好』。這跟『想要演得更好』的熱切心願是完全不同的。那是某種心術不正的慾望。你不去打動觀眾的心，反而專注於如何把競爭對手從舞臺上踢下去。那叫作自我表現慾，並不是愛。空有外表，卻缺乏內涵。像你這樣的人能比別人更早達到某種高度，可是接下來就不會進步了。你或許能成為一流，卻無法成為超一流。你或許能騙過高中戲劇的評審，但可騙不了我的眼睛。」然後他別開目光，小聲說了一句：「……而且你也放不出龜派氣功波。」

難得說出言之有物的評語，最後一句話卻是畫蛇添足。佐村開始不停地顫抖。然後——他發飆了。佐村發出瘋狂的吶喊，作勢用木板攻擊阿望。

「幹什麼，你想跟我打嗎——！」

阿望這麼大喊，然後莫名將自己的T恤從胸口撕成兩半。可憐的《古利和古拉》被永遠拆散，胸毛從裂縫中冒出。他張開雙臂，用孔雀般美得很沒有意義的站姿，展現壯碩的肉體來威嚇對手。

雙方用氣勢逼人的眼神互瞪。我緊張地嚥下口水。

——這時候，三郎突然一個轉頭，往別處走去。我不禁感到虛脫。牠看膩的時機也太剛好了。

三郎隨心所欲地追逐鳳蝶，到處散步。

過了一陣子，堆放在一起的各種大道具映入眼簾。目前還沒有起火。有一個女生從上方的窗戶探出頭，津津有味地吸著香菸。她應該是疏忽了，完全沒有往下看就隨手扔掉菸蒂。

菸蒂點燃了油畫，最終使大道具陷入火海。三郎悠閒地看著這一幕。

然後，染血男來了。他心不在焉地注視著火焰，嘴裡唸唸有詞地說著去死去死去死等咒罵的語句，最後從眼裡流出豆大的淚珠——

5

我切斷連結，嘆了一口氣。

好了，接下來我該怎麼向其他人證明這個事實？

「給我過來，我要把你交給警察！」

須貝想要將持續抵抗的佐村強行帶走。我沒有多想便說道：

「等一下，他不是犯人！」

「你說什麼——？」須貝皺起眉頭。「你怎麼知道？」

因為我透過貓的眼睛看見真相了，但我總不能這麼說。

「經過邏輯思考就可以知道了。」我下意識地脫口說道。

「邏輯思考～？」

須貝擺出明顯代表「？」的表情。不愧是戲劇社社員，表情真豐富……現在不是佩服的時候了。傷腦筋，這下怎麼辦？我拚命轉動腦袋，同時說道：

「如果他就是犯人，為什麼放火之後還不逃走？」

「那還用問——」頂著一頭柔順又光滑的金髮，將海軍帽戴得很時髦的男生從旁插嘴說道。

「當然是因為他瘋了。」

這句話超有說服力。所有人注視著我，讓我冷汗直流。

可是下一個瞬間，我奇蹟似的想到了能證明佐村不是犯人的論點。接下來只要說服大家就行了——這才是最重要的。問題不在於理論是否正確。能不能將觀眾引導到自己想要的結果才是一切。

換句話說，我該做的事只有一件。

——那就是扮演「名偵探」。

我深吸一口氣，想起與美里一起練習的過程——

『重點是「脫離自己」。』她這麼說道。然後，她將一大口山葵放進嘴裡，擺出若無其事的表情。『要從心靈和感覺之中，將自己切離。而且最重要的是將「視點」放在觀眾的角度，從外側檢視自己。』然後，她突然流下一滴滴淚水，吐出綠色的舌頭。我笑了。

——我將不安的情緒切離，藏到臉部皮膚之下。我提高音調，吸引觀眾的目光。

「——那就把這一點當作先決條件吧。」

「先決條件……？」戴著海軍帽的男生表示不解。「為什麼要這麼做？」

「因為這就是所謂的邏輯思考。基於A而導出B，基於B而導出C……就像這樣，不斷重複假設和推導的過程，便能得出證明。」

我用自信滿滿的口氣說出有些艱澀的詞彙，但老實說我根本不確定這樣的用法對不對。但海軍帽男好像覺得我說得很有道理，所以我繼續硬掰。

「那麼，進入下一個階段——」我模仿名偵探，沒有意義地走了幾步。跟美里練習的過程奏效了。我能夠扮演名偵探。「假設這個人真的是犯人，請問他是如何放火的？」

「應該是用火柴或打火機之類的東西……」

「也就是說，他使用了道具吧？」

「畢竟空手沒辦法生火嘛。」

「那麼，請問這個人現在也帶著那種道具嗎？」

海軍帽男驚覺這一點，開始搜佐村的身。

「他沒帶……應該是處理掉了吧。」

「那是不可能的。」

「你說什麼——？」

「將放火道具處理掉，目的是不讓自己的罪行曝光。這跟先決條件，以及他沒有從現場逃走的行為互相矛盾。換句話說，這個人並不是犯人——」

海軍帽男屏息。阿望睜大眼睛注視著我……好可怕。心臟正在狂跳。可是這並不是單純的恐懼，同時也有飾演角色的快感從內心深處漸漸沸騰。佐村感動地哭著大叫：

「他、他說得對，我不是犯人！」

「那犯人到底是誰？」

須貝勉為其難地放開佐村，一臉不解——我忽然察覺動靜，往上一看。剛才在樓上吸菸的女學生正張大嘴巴，看著我們。

「啊。」女學生說。

「啊。」我說。

所有人都往上望去。女學生逃走了。我衝進校舍，以一步跨兩階的速度奔上階梯。砰！關門的聲音傳了過來。我從聲音辨認位置，打開那扇門。

門內有三個女生。兩座流理檯之中，比較靠近我的流理檯上放著各種烹飪用具。中央的桌子上放著裝有料裡的盤子。看來這裡是烹飪社。一個棕色頭髮的女生瞪著我。

「幹什麼……？不要擅自闖進來啦……話說，為什麼他打赤膊？」

不知道是何時跟來的，阿望已經站在我旁邊。其他的社員也都陸陸續續聚集而來。阿望大聲吼道：

「那邊那傢伙！剛才那個『啊』是什麼意思？妳說啊！沒有什麼行為比這更可疑的了！」

「咦，哪有，我才沒……」

「太可疑了！別以為這點程度的演技可以騙過我們戲劇社！」

女學生（真凶）明顯露出形跡可疑的神情。接下來只要能證明這裡有香菸，應該就真相大白了。我開始專心嗅聞氣味——不過，因為爐子上正在燉煮羅宋湯，所以氣味變得難以分辨。我仔細觀察四周，這麼說道：

「天氣這麼熱，為什麼要把窗戶全部關起來？」

我經過女學生旁邊，站到窗前。這扇窗戶面向人潮多的區域。

「這裡的流理檯沒有烹飪過的痕跡——可是排油煙機卻開到『強』。阿望學長，請你看看這個——」我用指尖沾取微微殘留在流理檯上的灰，嗅聞其氣味。「是菸灰。應該是有人為了避免氣味或煙霧被別人察覺而將窗戶全部關上，並且打開排油煙機，在這裡抽菸吧。」

我接著穿越社員們，來到走廊上。然後，我用手指撫過女學生吸菸的窗戶邊緣。

「這裡也掉著菸灰。犯人應該是難以忍受悶熱的室內，所以才來到沒有人潮的這一側，打開窗戶抽菸。」

「好驚人的觀察力……原來如此，所以才會因為亂丟菸蒂而起火吧。校內除了吸菸區以外，都是全面禁菸的啊！」

阿望瞪著烹飪社的女生們。於是，女學生（真凶）吼道：

「等一下，不要擅自下定論！我們根本沒有人抽菸！那裡本來就有灰了！一定是在我們之前用過這裡的人留下來的！」

「那就讓我們檢查妳們身上有沒有帶香菸！」

「別碰我啦變態！」

啪——！阿望的胸膛留下一個紅通通的手印。

「痛死我了——！妳說誰是變態啊！」

我不知道他是不是變態，但畫面上看起來確實是挺變態的。話說回來，如果對方拒絕搜身，我們也束手無策。我開始思考，仔細調查比較近的水槽。

「你在做什麼……？」阿望問道。

「從排油煙機下方的菸灰散落方式看來，原本應該有菸灰缸才對。而且是沒辦法偷藏在身上的尺寸。如果是使用這裡的碗盤來代替，然後再清洗的話，排水口的蔬菜殘渣應該會沾到菸灰。順帶一提，深處的水槽完全沒有濕。」

我環顧四周，從玻璃製的濾油壺將油倒到空的盆子裡。

「沒有藏在這裡呢。如果是玻璃製的菸灰缸，因為跟油的折射率相同，所以光線碰到表面也不會反射，而是直接穿透，所以能讓玻璃隱形。至於其他可能性——」

我盯上女學生（真凶）面前那個裝著羅宋湯的湯盤。其他女學生的湯盤都還是空的。

「失禮了——」

我拿起筷子，刺向羅宋湯的配料。女學生（真凶）大叫：

「等等，你在做什麼！」

「這沒有煮熟呢。」

「那又怎麼樣？你是美食評論家嗎！」

「鍋子明明還放在爐子上煮，卻只有這個盤子裝著湯，我剛才就覺得很奇怪。那鍋羅宋湯都還沒煮好，為什麼要這麼做——？」

女學生（真凶）的臉色一下子發白，而我沒有看漏。她說道：

「我只是忘了試吃而已……」

「在我看來，羅宋湯裡面好像摻了菸灰呢。」

「是你看錯了。」

「那麼，妳敢喝這碗羅宋湯嗎——？」

語畢——現場鴉雀無聲。女學生（真凶）慢慢拿起湯匙。然後，她一下子舀起羅宋湯，送到嘴邊——

「菸灰是劇毒喔。」

我說道。女學生（真凶）馬上停止動作。

她緩緩把湯匙放回盤子裡。

「妳怎麼了？」

「……沒什麼……我只是沒有食慾……」

「我知道了——」看到僵住的女生們，我這麼說道：「那就由我來喝吧。」

一瞬間，視線互相交錯。我拿起湯匙——女學生（真凶）抓住我的手腕，阻止了我。然後，她終於說道：

「……對不起。」

女學生們無力地垂下頭。

「……看來事情就到此告一段落了。」阿望說道。我們目送須貝和海軍帽男將女學生們帶走的背影。「真了不起，紙透。你簡直就像個名偵探。」

「沒有啦，你過獎了……」我害臊地搔搔頭。

「只不過你說錯了一件事。菸灰其實是無毒的。」

「我知道。」

我這麼說，阿望便眼睛一亮。

「這樣啊，你果然知道——！」然後他豪邁地大笑，用力拍打我的背部。「你真是了不起的演員！我還以為染血男就是犯人呢。如果不是他，我就會猜是『那傢伙』放的火。」

「那傢伙」……？我正感到疑惑時，剛才曾哭過、穿著新潮服裝的女孩從旁說道：

「社長……我們辛苦做好的道具都被燒壞了，接下來該怎麼辦……？」

「都燒掉了也沒辦法。不過這就是所謂的不幸中的大幸。我正好想出了新的劇本！新時代的戲劇要揭開序幕了！」

然後，阿望把手放到佐村的肩膀上。不知道是什麼改變了他的心意，他這麼說道：

「抱歉剛才懷疑你。我由衷向你表示歉意。如果你還願意，請你加入戲劇社吧。」

「真的嗎！」佐村明明遭受那麼殘酷的對待，卻還是露出閃閃發光的眼神。「謝謝學長！」

然後，阿望接著把手放到我的肩膀上。我不禁嚇了一跳。

「你當然也通過入社試鏡了。」然後他一個轉身說道：「各位！下次的劇本是懸疑題材，主角是名偵探！」

我有種不好的預感。阿望說道：

「紙透，你就是下一齣戲的主角——！」

6

「沒想到事情會變成這樣。」

我垂下頭，美里就輕聲笑了。

「我也沒料到事情會變成這樣。」

「沒料到？妳不是看得見未來嗎？」

「未來隨時都在變動。有些事一定會發生，也有些事是隨機發生。而且其中包含無限的分歧。不只如此，看得見未來的我若是加以干涉，分歧就會出現爆炸性的增長。我也沒辦法掌握未

來的全貌。」

「關於這一點，美里，妳真的看不見槍擊犯的真面目嗎？」

「很遺憾——」美里觸碰左耳的耳環，搖搖頭。「我看不見。因為分歧太過複雜，我沒辦法觸及犯人的真面目。雖然原理並非不可能，但實質上是不可能的。難度就像要從沙漠中找出一根針一樣。」

「所以，必須由我好好調查才行吧……」

「就是這麼回事。抱歉，我只能在旁邊看著。」

「那麼，我接下來該做什麼？」

「首先要腳踏實地地打聽線索。像是遇害的天崎學姊是什麼樣的人、有哪些朋友或情人、是否有遭到誰的怨恨……一點一滴地調查這些事吧。」

「做的事就跟普通的偵探一樣呢。」

「另外，你也可以好好享受戲劇社的活動。」

「享受——？」出乎意料的話讓我呆住了。

「因為是難得的大學生活嘛。如果不去交朋友或談戀愛，享受青春的話，那就太可惜了。」

「談戀愛」啊……

我的胸口無意間刺痛了一下。為了忽視這份痛楚，我說：

「啊哈哈，妳說得對。希望我能遇到自己喜歡的類型。」

「你喜歡什麼類型的女生？」
「應該是成熟又性感的女生吧。」
我說了口是心非的話。其實我並沒有特別偏好的類型。
「……是喔，跟我正好相反呢。」
美里用莫名開朗的語氣說道。
「……也許吧。」
「…………」
氣氛變得有點尷尬。
「那我差不多該睡了。戲劇社的事情要加油喔。你演的名偵探很帥呢。」
「啊，嗯……晚安。」
然後，連結中斷了。我忍不住摀住臉，發出「啊啊……」的聲音。
三郎輕輕把肉球放到我的腿上。

7

戲劇社社辦的門上貼著一張奇怪的紙。

「惡魔集會」——

紙上用嚇人的毛筆字這麼寫著。就算社辦裡正在舉辦黑彌撒也不奇怪。明明是剛入社的第一天，我卻已經滿腦都是想回家的念頭了。

我暫時僵在原地，然後下定決心，應該說放棄了什麼，並打開拉門。

——有喪屍。

雖然偶爾可以見到像喪屍一樣不健康的大學生，但眼前的這傢伙是不折不扣的喪屍。皮膚有像被蟲子啃過的痕跡，腐爛的左眼球還垂掛在眼窩外。

我默默地關上拉門。隨後，喪屍突然打開門，讓我不禁發出慘叫。

「噗哈哈哈哈！尖叫成這樣，你是女生喔！」

喪屍捧腹大笑。社辦爆出一陣笑聲。我暫時啞口無言，然後說道：

「啊，你是須貝吧！這是什麼，特效化妝？」

「啊哈哈，抱歉～！」昨天哭過、穿著新潮服裝的女生雙手合十，這麼說道。「因為這次化得還不錯，所以我就拿來惡作劇了～！喪屍很可愛吧！」

然後她踮起腳尖，高興地捏起喪屍的臉頰。

「啊，檜山學姊，好痛痛痛……！」

雖然嘴上這麼說，須貝的表情卻好像有點高興。喪屍的皮膚因此浮起，看得出是類似面罩的形狀。

「好厲害喔，做得真好！」

我佩服地這麼說，檜山學姊就高興地給我看了她的Instagram和TikTok。上面有化妝過程的照片，以及須貝搖身一變，以喪屍的造型跳起麥可．傑克森的《顫慄》的短片。我指著畫面說：

「帳號上的UMEKO（梅子）是妳的本名嗎？酸梅的梅、子女的子？」

「呀——！被你發現了！這個名字很老氣，我覺得很丟臉耶——！」

她露出在漫畫裡會將眼睛畫成ㄨㄨ符號的表情。須貝立刻說道：

「才不會咧，梅子這個名字很可愛啊！」

「咦咦，真的嗎……？」

梅子學姊皺著眉頭，嘴角卻失守了。她相當單純。

不知不覺，大約有十個人聚集到我身旁。

「你的名字叫紙透窈一吧？」「你的推理好厲害喔——！」「你當時有模有樣的，平常就會做那種像名偵探一樣的事嗎？」

我被一連串問題圍攻。因為太習慣社交距離了，我感到頭暈腦脹。社員接二連三地自我介紹，但大家都戴著口罩，所以老實說很難記住。我有耐心地回答一個個問題，並努力蒐集情報。

據說戲劇社共有二十三個人。

——這時，社辦的門被敲響了。

「第二個新成員來了！」

喪屍須貝開始待命。門被打開，額頭上貼著超大ＯＫ繃的佐村出現了。然後他發出「嗚耶～」的奇怪慘叫，還嚇得跌坐在地，引起了一陣大爆笑。

8

「怎麼，你們好像玩得很開心嘛。不過別忽略防疫了。」

阿望學長一來就這麼說道。佐村雙眼閃閃發光，想用嚇到腿軟的雙腳站起來，卻失敗了。社員們回答「是～」並集合起來。阿望學長確認人數以後說道：

「今天預計全員集合。畢竟還有新成員，就在那之前辦個類似研討會的活動吧。」

我們保持社辦的通風，分開進行拉筋和發聲練習。我讓身體放鬆，然後按照美里的教導，從丹田發聲。我無意間往旁一看，發現梅子學姊也在練習。看來演員以外的人也會參加。練習過後，所有人都進行了剛好十五秒的自我介紹。

接著，我們玩了簡單的遊戲。遊戲名稱叫做「美味咖哩」。所有人都會拿到「食材卡」，可以進行次數有限的問答，藉此推測他人的食材——然後在限制時間內組成隊伍，完成一道美味的咖哩。只不過，不能說出自己的食材和想做的咖哩名稱——簡而言之，就是溝通的練習。

我抽到的是「海參」的卡片。這是陷阱食材。抽到陷阱食材的人要巧妙地混入團體中，目標是破壞他人家庭（的咖哩）。我宣稱自己的食材「肉質厚實又多汁」，成功將牛肉咖哩變成海參咖哩，引來一陣爆笑。

「好，既然場子也熱起來了，接著就來演Etude吧。」

阿望學長這麼說道。我的頭上正浮現問號的時候，須貝替我補充說明了：

「那是即興表演的意思。我們要組隊，按照主題即興演出。」

「原來如此──對了，須貝，你當初怎麼會加入戲劇社？」

「我高中的時候就是參加戲劇社的。我也認識阿望學長，入學典禮之後馬上就加入了。」

「是喔，你真積極。」

這跟須貝在聊天軟體上的悲觀形象好像有很大的差距。他可能也是因為隔離生活才會變得那麼鬱鬱寡歡吧。

我們用抽籤的方式分成五人一組。我跟須貝和梅子學姊一組。另外兩個人看起來也很眼熟。一個是在入社試鏡的時候衝進社辦，通知失火消息的女生。她戴著銀框的圓眼鏡，綁著三股辮，打扮得就像一名文學少女。她有點駝背，聲音也很小，不太會主動發言。我想她應該是負責寫劇本的人。她的名字叫作蛭谷美和子。

另一個人是出現在縱火現場，戴著海軍帽的男生。他頂著一頭柔順的金髮，身上穿著繡有名牌商標的ＰＯＬＯ衫與休閒褲，而且在室內也戴著海軍帽。將頭髮剃短的後頸就像牛奶一樣白皙。手錶搭配皮革手環的造型很時髦，整個人都帶著女性化的氣質。他說自己叫作院瀨見港人。

主題被設定為「所有人坐著演的對話劇」。我們前面有兩組先開始表演。第一組表演「翹掉游泳課的學生們」，第二組表演「開往某處的車內情境」。前者就像喜劇一樣歡樂，後者則有種令人捏把冷汗的懸疑氣息。大家都演得很精彩，一點也不像是即興表演。

院瀨見學長突然在我耳邊小聲說道：

「我問你，像你這種沒有實力的人獲選為主角，到底是什麼感覺？」

他的語氣非常挖苦人。突如其來的惡意讓我的感情完全跟不上狀況。

「咦，當然是很不安了。」

我這麼回答，就像是住家附近發生了某種案件，突然被記者問起案情的當地居民一樣。

「既然如此，請問你為什麼不拒絕呢？你是不是太厚臉皮了呢？」

用詞明明很文雅，卻無禮得令我震驚。我終於不悅地說道：

「難道你本來想成為主角嗎？」

院瀨見發出嘖的一聲。現在剛好輪到我們的組別表演。

站起來的同時，院瀨見小聲說道：

「我要把你痛宰一頓——！」

我們圍繞著桌子坐下。桌子上鋪著桌布，就像暖桌一樣會遮住腿部。我們要利用這個布景，建構一齣戲。

「大家請聽我說——」院瀨見舉手發言。我有種不好的預感。「我跟紙透決定來玩一場遊戲。遊戲規則是演一齣『登場人物會一個接著一個死去的戲』，然後『先死的人就輸了』。輸的一方要請大家喝飲料。」

大家的目光集中到我身上。院瀨見正在竊笑。我覺得如果在這裡退出遊戲，就會正中對方的下懷。既然如此，我決定反其道而行。

「好吧，我接受挑戰。」

現場氣氛頓時沸騰。有人吹起指哨。「飲料！飲料！飲料！」大家開始喊起謎樣的口號。院瀨見瞠目結舌，然後狠狠瞪著我。

阿望學長毫無意義地脫掉T恤，發出異常熱血的宣言：

「火熱的戲劇對戰，正式開始！」

9

一開始——現場瀰漫著令人緊張的寂靜。

首先採取行動的是出乎意料的人物——蛭谷學姊。她呼吸急促，使勁搖晃椅子。

「我動不了……這裡是哪裡？」

聽到這句話的其他人也開始搖晃椅子，於是我同樣照做。接著經過一連串即興發揮的臺詞，我們演出所有人都喪失記憶且雙手雙腳遭到綑綁的情境。為了脫逃，我們展開一場討論。我們好像是剛從冷凍睡眠中甦醒，因此所有人都陷入了暫時性的失憶狀態。我因為冷凍睡眠的後遺症，吐出了黃綠色的東西。

接下來，我們必須將劇情導向「登場人物會一個接著一個死去」的狀況。該怎麼辦呢……我正在思考的時候，梅子學姊採取行動了。

「等一下……好像有什麼動靜！」

然後，她使了個眼色。須貝看懂了暗示，立刻開始演出被某種東西襲擊的模樣，一邊發出臨死的哀號一邊被拖到桌子底下。蛭谷學姊發出歇斯底里的尖叫。觀眾嚥下口水。

中間有一段充滿緊張感的停頓。

——戴上喪屍面罩的須貝翻起桌布，從桌子底下稍微探出頭來。

現場出現笑聲與尖叫各占一半的聲音。我也差點笑出來。真好玩。從現在開始，須貝就是裁判。被可能死亡的劇情脈絡吞噬的人，就會被喪屍吃掉。

——這時候，院瀨見突然說了意味深長的話：

「嗚……我的頭好痛……我好像在哪裡見過這幅景象……？」

嗚哇，這句臺詞可以發展出各式各樣的情境——我心想。不出所料，這裡是「生物科學研究所」，我們是開發超能力的受試者，實驗失敗所產生的未知病毒導致喪屍出沒，院瀨見則巧妙地將自己塑造成能夠預知未來的超能力者。

「我看得見未來……檜山同學會在十秒後死去！」

院瀨見這麼說完，梅子學姊就真的被喪屍襲擊而死了。接下來輪到你了——院瀨見就像是要這麼說，對我笑了一下。情況非常糟糕。再這樣下去，院瀨見就會決定一切。

「我又看見未來了……紙透會在十秒後肚破腸流而死！」

糟糕了。我的腦內響起倒數。

十……九……八……七……

剩下三秒的時候，我不得已地說道：

「我也看得見未來！我不會死！」

倒數結束。

我沒有死。還來不及鬆一口氣，我便開始硬加設定。

「我也有預知能力。未來隨時都在變動，而且有許多分歧。命運有時是會改變的。」

觀眾發出「哦哦」的歡呼與掌聲。我勉強剝奪了院瀨見的掌控權。接著，我跟院瀨見持續交鋒。蛭谷學姊在過程中死去，剩下我們一對一。

「紙透……我打從心底把你當作摯友。」院瀨見說出口是心非的話。「如果你在我身邊，我願意不惜代價拯救你……」

如果你在我身邊——？我還搞不清楚狀況，院瀨見就硬加了誇張的設定。其實我們先前並沒有待在同一個地方，而是透過螢幕轉播進行遠距通話。

糟糕，院瀨見掌握節奏了。我不知道他想做什麼，但我得阻止他——！

我這麼想的下一個瞬間，院瀨見便說出臺詞。

「我現在才發現，我的螢幕上沒有任何畫面。我能看見未來，與未來對話。紙透看見的，是預錄的影片——」

我一瞬間便理解這個設定的意義。因為這跟美里和我的關係幾乎一模一樣。由於觀眾一臉疑惑，院瀨見開始仔細地解說現狀。

有人讚嘆他使出了驚人的一招。實際上，沒有什麼方法比這更有效了。他將自己變成來自過去的人，就能讓我的預知能力失效，並且利用預知能力來單方面攻擊我。院瀨見一臉得意地闡述自己的設定。

「我全都想起來了。這裡是避難所，我們五個人是從喪屍橫行的世界逃進這裡的。經過三百年的沉睡，只有我比其他人早了一百年甦醒。目的是觀察外界。但是，我在冷凍睡眠造成的朦朧意識之中，向未來的你們說話了。因為當時還在運作的AI自動錄下了這段對話，我們的對話才能奇蹟般地成立……」

雖然不甘心，但院瀨見的頭腦轉得很快。轉眼之間，觀眾都沉浸在他所營造的氛圍裡了。

「我很難過，紙透，你再過三分鐘就要死了……」

可惡！我的心臟開始劇烈跳動。再這樣下去，我就要輸了。快想辦法啊，快想、快想……

觀眾開始齊聲喊著：「飲料！飲料！飲料！」好吵。對了，既然是預錄影片，只要快轉就行了！……不對，我們的雙手雙腳都被綁住，無法操作機器……對了，用聲控的方式對ＡＩ下令！……不，院瀨見說過「當時還在運作」……可惡，我的退路都被他封鎖了！剩下兩分鐘

——！一股電流忽然竄過我的大腦。

「你說過這裡是避難所吧。除了我們這五個人以外，沒有人能進來嗎？」

「當然了，因為這裡是銅牆鐵壁般的避難所。」

我在心中竊笑，然後說：

「既然如此，須貝是被誰襲擊的？」

啊——！某人發出驚訝的聲音。院瀨見睜大眼睛。我乘勝追擊。

「根據監視器，五臺冷凍睡眠裝置之中，有一臺是故障的。那就是你的裝置。而且，監視器顯示目前避難所外到處都是喪屍。也就是說，你所在的一百年前也到處都是喪屍。你出不去，也無法重返冷凍睡眠，而且百年後的夥伴都將全軍覆沒……所以你絕望了。你因此自殺——變成喪屍，襲擊了須貝。」

院瀨見露出猙獰的表情。臉色在轉眼之間變得一片通紅，他開始陣陣顫抖。倒數只剩一分鐘

——院瀨見勉強擠出聲音說道：

「……沒錯，我只有死路一條。冷凍睡眠後的安全裝置已經到了解除時限，所以我再也不受束縛。換句話說，你也將重獲自由——」然後他自暴自棄地大叫：「你要改變未來！」

接著他用手槍打穿自己的腦袋，消失到桌子底下。過了不久，我遭到喪屍襲擊。我跟喪屍扭打在一起，同時大叫：

「喪屍的胸部口袋裡放著一把手槍！謝謝你，我的朋友！」

我射擊喪屍的腦袋——我靠近倒地的喪屍，一將面罩取下便看見院瀨見學長閉著眼睛的臉。他在桌子底下跟須貝迅速交換了角色。我演出哭泣的模樣，說道：

「我失去了所有朋友，以及過去！但我還沒有失去未來！我將再度進入千年的沉睡。然後，我要跟復活的人類，以及重生的你們一起活下去——」

我掃視觀眾的臉。所有人都半張開嘴巴，深受感動。我樂在其中，不禁開始顫抖。戲劇實在太有趣了——！

我進入冷凍睡眠。現場響起如雷的掌聲。

我們五個人並肩排成一列，回應觀眾的掌聲。院瀨見學長在我耳邊說道：

「你想喝什麼飲料？」

「我想喝草莓牛奶。」

院瀨見學長笑了一下，然後說：「我買三瓶給你。」

10

即興表演結束後，我們踏出社辦大樓，在校內的自動販賣機買飲料，大家一起享用。當然是院瀨見學長請客。他表現得心情相當好。須貝一邊喝著自動販賣機裡最貴的能量飲料，一邊說：

「還好啦，院瀨見學長超有錢的，這點小錢沒什麼。」

我也覺得他看起來確實很有錢。

忽然有一個留著鬍渣的男生單手拿著黑咖啡，走過來說道：

「剛才的即興表演超棒的。」

他是比較晚到社辦，在角落觀劇的人。須貝替我補充說明：

「這位是四年級的黑山忍學長，是阿望學長的學長兼舞臺監督。他在其他劇團還會擔任演技指導或演員，很厲害的。」

監督要統率工作人員，也負責管理構成一齣戲的各種事務。演技指導的工作是指導演員的演技，完成一部作品——相當於電影導演或交響樂團的指揮家。

「我沒那麼了不起。因為阿望突然說要找個素人來演主角，我原本很擔心，但沒想到還不賴。在我看來，你有很強的共感力。」

「『共感力』？」

「沒錯，這是很重要的。你能接受他人的感情和脈絡，使其融入自身，然後進一步與舞臺上的同伴互相磨合……」

我從來沒想過，原來自己具有很強的共感力。不過，我多少有點頭緒。窺視他人的眼睛時，我會體驗到對方的記憶和感情，或許就是反覆「成為他人」的行為提高了我的共感力。

黑山學長說今後請多關照，然後離去。

——我們重新在社辦集合。

不知從何時起，寫著「惡魔集會」的那張紙消失了。

「接下來要看去年夏天演出的《轍之亡靈》的影片。」

阿望這麼一說，佐村便立刻興奮了起來。

「那個傳說劇碼！紙透，挖出你的眼睛仔細看好了，這部作品能讓你馬上了解何謂戲劇！」

「挖出眼睛就什麼都看不到了吧……」

他絲毫不理會我的吐槽。

「瘋狂信徒，你這個瘋狂信徒！」須貝跟著起鬨。

我們在打開窗戶的情況下拉上遮光窗簾，將影片投放到投影幕上——

《轍之亡靈》是以十八世紀法國的外交官兼間諜——德翁騎士為藍本的故事。隸屬於路易十五的私人間諜機構「國王的祕密」的德翁在1775年7月，為了與俄羅斯恢復邦交，出發前往聖彼得堡。途中，他遇見了站在馬車車轍上的亡靈。亡靈附身在德翁體內，開始腐蝕他的精神。抵達俄羅斯的德翁有時扮演美男子劍客，有時扮演美麗的朗讀女官，取得伊莉莎白女皇的信任，成功達成目的。兩人曾經深深相愛，卻在謀略之下決裂，開始互取對方的性命。結果，伊莉莎白喝下了毒酒。德翁帶著深沉的悲傷返回法國，最後成為龍騎兵隊長，在七年戰爭中立下戰功，以女性的身分度過晚年，靠著身穿禮服決鬥的方式賺錢。整齣戲用快節奏的懸疑手法呈現德翁這段波瀾壯闊的人生，而亡靈則如同萬花筒，為故事帶來哲學式、幾何學式的色彩。

身為女主角的伊莉莎白女皇一出現在畫面上，我立刻就能感覺到現場的氣氛變了。我有種聞到線香氣味的錯覺。有人低聲哭泣——畫面上的人是天崎華鈴。她身穿女皇的服裝，如孔雀般美麗。其中也同時帶有少女的純真與善變，非常巧妙地展現了掌權者的兩種面向。她的「母親」在我心中復甦，類似強烈思鄉之情的哀傷彷彿微溫的大海，在胸口深處發出陣陣喧囂。我能感覺到，其他社員也沉浸在同樣的淺灘中。我終於發現，他們先前都只是努力表現出開朗的模樣。這個社團確實失去了一位夥伴……

我漸漸投入到劇情裡。

飾演路易十五的人是阿望學長。看來他既會指導演技，也會當演員。不同於我的想像，他在舞臺上是極度的技巧派。他用保守卻巧妙的方式，演活了帶著孩子氣的一面，有許多情婦而號稱「寵兒」的法國國王。路易十六是由院瀨見學長飾演，雖然演得並不差，但跟阿望學長相比卻還是差了一大截。我一開始還不知道飾演瑪麗．安東妮的美女是誰，沒想到是蛭谷學姊。就像被別的靈魂附身一樣，她在舞臺上簡直是判若兩人。任性妄為的她曾經玩起讓德翁穿女裝的遊戲，而到了因為法國大革命而被推上斷頭臺處死的段落，她演出了幽魂般的猙獰表情。

而我的目光——始終放在飾演主角德翁騎士的女性身上。

她美得令人難以置信。更重要的是，她身為演員，有著驚人的舞臺魅力。

德翁是雌雄莫辨的困難角色，她卻能綁起或放下那頭柔順的黑髮，巧妙地分飾不同的形象。男裝時威風凜凜，女裝時惹人憐愛——服裝之外彷彿還披著一層謎團，散發著近乎蠱惑的魅力。我不懂她為何能在表現神祕感的同時，還能凸顯那麼強烈的真實感。德翁確確實實地活在舞臺上。

故事的進行與史實有很大的差異。德翁受到命運的捉弄，因決鬥而受的傷使她發了高燒。現實與幻想互相交纏。亡靈的存在感變得更強。佐村參加試鏡的時候演過的橋段來了。德翁用已經簽約卻終究沒能出版的自傳敲打自己的頭，這麼說道：

「噢，人的命運就是如此嗎？脆弱得難以依靠，剛強得難以摧毀……」

竟然有這麼大的差別——我顫抖著這麼想。令人心碎的哀傷讓我的眼眶湧出淚水。佐村當時真的只是敲打自己的頭而已。真正的演員可以打動觀眾的心。

亡靈顯露出乎意料的真實真分，使懸疑劇情達到最高潮。德翁因高燒而瀕臨死亡。她化身為一隻鳥，回到最美好的時刻。那是她為伊莉莎白女皇朗讀書本的一幕，鳥兒停在窗邊。柔和的陽光從窗外照射進來，時間昏昏欲睡，永恆就躺在那裡。德翁正在朗讀的是未能出版的自傳。當她唸完最後一頁，將書本闔上的時候，伊莉莎白問道：

「所以，這個人究竟是誰呢？」

「我也不知道。他究竟……是什麼人呢……」

少女那雙稚氣未脫的眼眸落下一滴滴的淚水。

然而，伊莉莎白說道：

「不過，我喜歡這個人。」

語畢，鳥兒從窗邊起飛。

我哭得淚如雨下，連自己都難以置信。到了布幕降下，開始謝幕的時候，我的感動愈來愈強烈。天崎華鈴、瑪麗·安東妮與德翁都面帶笑容，牽著手向觀眾致意。我發現就連這個部分也包含在一個作品之中。我想起莎士比亞的臺詞：「整個世界是一座舞臺，所有的男男女女不過是演員罷了」——不只是我，大家真的都哭了。我彷彿受到當頭棒喝，佩服得五體投地。正如佐村所說，這部戲讓我馬上了解何謂戲劇，深深體會到戲劇的力量。

社團活動結束，一踏出戶外便是夏日夜晚。

我聞到夏天的氣味。

夏天混入了血液之中。

我們的情緒莫名亢奮。突然間，佐村一邊發出「呀啊啊啊啊！」的叫聲，一邊頭也不回地往某處全力衝刺。他的怪異舉動讓大家一陣爆笑，我卻接著感到飄飄欲仙。雖然我沒有忘記自己的使命，卻也單純地想要投入戲劇。我很想盡快開始排演。

這個時候，我看見有人坐在路燈下的長椅上。高跟鞋的鞋跟在石磚地上投射出鋸齒狀的細長陰影。

她站起身，用美麗的步伐朝我走過來。

我不禁屏息。德翁騎士從故事中走了出來，站在我的面前。

「你好。」

她用悅耳的聲音這麼說，稍微拉下口罩，露出擦上唇膏的嘴巴，對我微笑。她是個漂亮得令人起雞皮疙瘩的美女。俐落的男孩風短髮凸顯了小巧的臉蛋。她穿著灰階色調的修身褲裝，肩上披著西裝外套的造型非常帥氣。右耳有兩個耳環，左耳有三個耳環正在閃閃發亮。

我不爭氣地慌了起來。我沒有把口罩拉下來，還沒有決定好表情就低頭說了「妳好」。

「很抱歉今天沒能參加練習。我想說至少也要打聲招呼……我叫作櫻庭千都世，今後還請你多多指教。」

我也自我介紹，櫻庭學姊就對我伸出了右手。我先把右手擦乾淨，才跟她握手。她的手比想像中還要小得多，只是在舞臺上顯得比較大。櫻庭學姊握著我的手，稍微歪著頭問道：

「你剛剛在哭嗎？」

「咦？啊啊——」我慌慌張張地用袖子擦掉眼淚。「因為我看了《轗之亡靈》的影片……覺得非常感動。櫻庭學姊的演技真的很棒。」

「呵呵……」櫻庭學姊微笑，眼眶稍微濕潤起來。「謝謝你的誇獎。剛才，阿望學長傳了即興表演的影片給我，我看完了。科幻喪屍題材的那個。」

「咦，有錄下來嗎？真難為情……」

「才不會呢。我覺得很棒，真的。你的才華非常驚人。處理縱火案的時候，你也很帥呢。」

「謝謝誇獎。原來學姊當時也在場啊。」

我感覺到自己的臉正變得一片通紅，於是祈禱黑暗和口罩可以遮蔽這一點。

「今後要請你多多指教了，偵探先生。」

櫻庭學姊用妖豔的表情這麼說道，往其他女生的方向走去。

我這才終於發現自己的心跳聲有多吵。

11

「你入社以後，差不多過了一個星期呢。」

練習一結束，美里便這麼說道。

「咦，已經那麼久了嗎？」

我很驚訝。以我的體感，好像只過了不到三天。相較於遠距教學開始後度日如年的時間，我覺得這段日子過得非常快。上課、到戲劇社練習、回家後跟美里一起練習——雖然總是在練習，我卻一點也不覺得苦。演技不斷進步的感覺讓我快樂得不得了。

「阿窈也喜歡上戲劇，我真的好高興。」美里用心花怒放的笑容說道。

「我現在還覺得很好玩，但阿望學長以後可能會提高標準，變得愈來愈嚴格。聽說暑假還有所謂的『地獄集訓』……」

「啊啊，你是說辦在德島的活動吧。主演陣容要搭船去阿望學長的老家擁有的島，住在稱為『天女館』的建築物，連日進行非常血汗的練習。」

「竟然有島……原來他家那麼有錢。」

「聽說他的家族繼承了桓武天皇的血脈，歷史好像很悠久。那座島從好幾代以前就傳承到現在，聽說是身為知名劇作家的祖父在島上興建了天女館。」

「聽到『地獄』這個形容，我就覺得有點可怕……」

「你不用怕，因為今年會停辦。」

「咦，停辦——？」

「那天會有颱風來，所以沒辦法到島上。雖然大家會去港口，猶豫到最後一刻，但最後是在阿望學長的老家享用料理，和平地結束了活動。」

「……雖然我鬆了一口氣，卻又覺得有點可惜。」

「你怎麼突然變得這麼積極呀。」美里被逗笑了。「調查方面有進展嗎？」

「當然有了。我來跟妳報告我目前查到的線索。」

我打開筆記型電腦的檔案。我已經將二十三名社員的人際關係整理成一張心智圖。

「理所當然地，社團裡會分成幾個感情特別好的小團體。尤其是女生。」

「女生確實比較傾向待在固定的小團體裡。」美里點頭。「天崎學姊屬於哪個小團體？」

「說到這個，她好像不屬於任何一個小團體。聽說跟她最要好的人是一個負責燈光的人，姓石川，但我還沒有見過對方。」

「天崎學姊有被排擠嗎？」

「與其說是被排擠，更像是『孤傲』。以階級來說，她好像是位於金字塔頂端的人。畢竟她長得漂亮，又飾演女主角。比起跟女生相處，她好像是覺得跟男生相處比較輕鬆的類型。」

「她的感情狀態怎麼樣？」

「好像非常受歡迎。聽說經常有人向她告白。不過，目前沒聽說她有男朋友的消息。」

「有人對天崎學姊懷恨在心嗎？」

「可能還不到恨的地步，但聽說她跟蛭谷美和子學姊曾有過衝突。從外表或許看不出來，其實蛭谷學姊對戲劇非常執著，伊莉莎白的角色被搶走的事好像讓她相當不甘心。聽說她當時經常躲在廁所裡偷哭。」

「她應該受到不少人的嫉妒吧。雖然這是不是動機還很難說。」

到頭來，我們目前還是沒掌握有力的線索。

——調查報告結束後，我們決定看電影。

美里從架子上取出一片標題叫作《椿》的藍光光碟。

「我很推薦這部片！雖然是喪屍電影，但很有文學氣息！演員的演技也很出眾，對你來說一定很有參考價值！」

「那就看這部片吧。」

美里把燈關掉，坐到沙發上。那邊的三郎躺在她的旁邊。

電影從某個家庭入住飯店的場景開始。家庭中有些問題，因此關係陷入緊張。主角是小說家，一邊服用精神科的藥物，一邊忘我地投入寫作——但一回過神，情況就變得有點不對勁。不知為何，飯店已經面目全非。主角拿起手電筒，戰戰兢兢地探索飯店，卻遇見了喪屍——

三郎緩緩起身，我還在想牠要做什麼的時候，牠就踏到了美里的腿上。我不禁發出「唔哇！」的聲音。美里的柔軟觸感和體溫隔著毛茸茸的皮膚，傳遞了過來。美里看似下意識地撫摸起三郎的後頸。我快要癢死了！

「等一下，美里，停！停！」

但遺憾的是，美里沒有聽見我的聲音。美里正專心地看著電影，並沒有把注意力放在未來。我害羞得滿臉通紅，努力專心在電影上——

電影漸漸揭露主角患有思覺失調症的事實。主角將劇中劇與現實搞混，無法區分真實與虛構的界線。自己究竟是誰？妻子與女兒真的存在嗎？喪屍真的是喪屍嗎——？

然後主角與妻子會合，一起努力逃出飯店。他們在過程中憶起美好的過去……然而，夫妻的記憶有了出入。妻子堅稱女兒根本不存在。

在極度的恐懼之中，幻覺再次增強。劇情來到最高潮——化為喪屍的妻子攻擊主角，於是主角將一把椿打進妻子的臉，不斷地用石頭敲打。但他不知道妻子究竟是不是喪屍。令人震撼的劇情讓我起了雞皮疙瘩。演員的演技也很厲害。飾演妻子的女演員就像真的死了一樣，眼神黯淡無光。到底要怎麼做，才能演出那種眼神呢？

——我的心臟猛然一跳。突然間，美里緊緊抱住三郎。

「美里……？」

她當然聽不見我的聲音。我能感受到美里的體溫與心跳，以及微弱的顫抖……

原來她很怕恐怖電影——我終於察覺這一點，不禁苦笑。因為我參加了喪屍科幻題材的即興表演，所以她才會勉強自己選了對我有參考價值的作品吧。

「妳明明可以選自己想看的電影……」

主角被喪屍逼入絕境，一邊用背部擋住門，一邊將椿打進自己的腿，試圖透過疼痛來消除幻覺。消失吧，消失吧，消失吧——！

回過神來，周圍已經陷入一片寂靜。飯店裡空無一人。他去尋找妻子的屍體，卻發現那裡只有被椿貫穿的烏鴉屍體。

主角走出建築物，看見一幅夢幻般的景象。綻放著白玫瑰的庭園中到處都是屍體——無數隻蝴蝶在燦爛的陽光下翩翩飛舞。就像愛麗絲夢遊仙境的場景，庭園中有個穿著藍色洋裝的小女孩，背對主角站著……

我嚥下口水。

主角用沙啞的聲音呼喚女兒的名字。

經過一段短暫——卻漫長得可怕——的停頓以後，小女孩回過頭。

接著，她撲向父親的懷抱。

畫面完全沒有拍到女兒的臉，只有特寫父親的表情。精采絕倫的變化呈現在他的臉上。懷疑與淡淡的期待——喜悅——淚水——驚覺——痛苦——哀傷——放棄——而在最後，只留下了愛，電影便到此結束。那副表情烙印在我的視網膜，始終微微地浮現在滾動的片尾工作人員名單的黑暗中。哀傷的音樂裡，我聽見美里正在哭泣。悲傷的呼吸與顫抖透過身體傳遞給我。我覺得自己彷彿聽見了美里的心。感覺就像把螺貝貼在耳邊，聽著虛幻的海浪聲。

工作人員名單跑完之後，美里輕輕把三郎從腿上放下來，打開房間的燈。

然後，她問：「你覺得怎麼樣？」我沒有提起她眼睛泛紅的事，用強而有力的語氣說道：

「超好看的！我好感動！」

然後，我們倆熱衷地聊起彼此的感想。

轉眼間就過了幾個小時。

忽然間，三郎打了個呵欠。我正訝異貓也會打呵欠的時候，也忍不住跟著打了呵欠。然後，就連美里都跟著打了個可愛的呵欠，使得那邊的三郎也打了呵欠。我們捧腹大笑，笑得眼淚都出來了。

「啊啊，好好笑——」美里用指尖擦掉眼淚說道。「你那邊和我這邊都已經很晚了呢，差不多該睡了。」

然後，她溫柔地撫摸三郎的頭。我又稍微紅了臉。

「晚安，美里。」

「晚安，阿窈。」

連結中斷。

房間只剩下一個人與一隻貓。

就像闔上音樂盒一樣，音樂與色彩迅速遠去。

我的胸口有點悶。如果美里能一直待在我身邊，不知道該有多好……

我沒有吃抗焦慮藥物便躺上床。我希望明天快點到來，這樣就能見到美里了。在漸漸模糊的意識之中，我思考著。

我或許喜歡上美里了——

12

今天社辦的門上也貼著一張紙。

「神正在看著你们」——

紙上用嚇人的毛筆字寫著這句話，另外還畫了眼睛的圖案。以惡作劇而言，感覺有點噁心。

我忍不住環顧四周——不過，附近一個人也沒有。我聳了一下肩膀，直接走進社辦。

大家跟平常一樣結束基礎練習後，再次展開即興表演。成員有阿望學長、黑山學長、櫻庭學姊——強大的陣容讓我不禁膽怯。

——這時候，我發現成員中包含一個陌生的女生。

「她是負責燈光的石川若菜同學。」

可能是注意到我的視線，櫻庭學姊替我補充說明了。

「我今天第一次見到她。」

「因為負責幕後的人可以自由選擇要不要參加演員的練習。像梅子那樣每次都會參加的人反而很少。石川同學平時很文靜，今天會來真的很稀奇呢。」

「所以我到現在還沒有見過的社員，都是音效或美術相關的幕後工作人員嘍？」

「另外當然也有些是幽靈社員了。」櫻庭學姊用非常迷人的語調說道，輕輕笑了一下。「阿望學長完成下一部作品的劇本之前，幕後和幕前人員都會像現在這樣，開心地一起練習。」

「說到阿望學長，他那是在做什麼呢……」

我的視線轉向社辦的角落。阿望學長就像《刺激1995》的電影封面一樣，朝著天空張開雙臂。

「他好像正在從宇宙中下載劇本。」

「那是透過什麼線路啊……」

「他一進入那種狀態就暫時派不上用場了，我們最好乖乖認命。」

即興表演的主題是「設施」。輪到我們上場的前一刻，黑山學長才回來。

「我不抽根菸，腦袋就轉不過來。」

不知道是不是尼古丁的效果，黑山學長的頭腦確實很靈光。他能用非常自然的方式營造令人印象深刻的場面，同時為故事賦予鮮明的起伏，然後逐漸導向結局。再加上有點類似耶穌基督的容貌，使他散發某種領袖魅力。相較之下，阿望學長真的完全派不上用場。他只會傻傻地坐著，發出「啊啊……」或是「嗚嗚……」之類的聲音。我們也拿他沒辦法，只好把他設定為養老院的老爺爺。

櫻庭學姊是拜訪養老院的女性。她穿著高跟鞋的站姿十分美麗。黑山學長飾演的院長出面迎接，用紅茶與瑪德蓮來招待她。

「對了，小姐今天是為何而來？」

院長問道。就在這個時候，我有生以來第一次見到人「穿上謎團」的瞬間。櫻庭學姊把不存在的瑪德蓮浸泡到不存在的紅茶裡，嘴角揚起神祕微笑的瞬間，她確實披上了一件用謎團織成的披肩。就像克林姆的繪畫作品一樣，那是一件官能式的黃金披肩。她以吃著空氣瑪德蓮的動作展現細微感情的期間，這片帶有搖曳花紋的陰影抓住了我們的目光。

櫻庭學姊開口的同時，故事與謎團開始轉動了。

以1995年阪神淡路大地震為起源的故事如同一道黑色水脈，藉著盜墓般的褻瀆式手法逐漸發展下去。我和石川學姊光是要跟上都很勉強，始終只能飾演配角。故事到了結尾，阿望學長就突然覺醒，從失智症的迷霧中爬了出來。後來又經歷了演技碰撞般的激烈對戲與兩次劇情翻轉，以及阿望學長那無意義的打赤膊演出，最後完成令人感動的抒情式結局。

在掌聲與喝采中，原本趴倒在地的阿望學長突然起身叫道：

「我！有靈感啦——！」

然後他用驚人的速度衝出社辦。他應該是去寫後續的劇本了吧。社員們早已習慣他的怪異舉止，若無其事地準備讓下一組開始發表。

「吃瑪德蓮的那個橋段——」我偷偷向櫻庭學姊發問。「請問妳是怎麼『穿上謎團』的呢？」

「『穿上謎團』啊，你的形容很優美呢。」櫻庭學姊露出有點驚訝的表情，然後愉快地笑了。「你知道山口小夜子嗎？」

「山口小夜子？」

「她是傳說級的超級名模，自稱為『穿衣人』。意思是『什麼都能穿的人』。不論是音樂、影像、天空、飛機雲，還是可樂的空罐。也許人的心也是穿著肉體的——我問你，你曾經注意過觀眾的臉嗎？」

我搖搖頭。我光是要演戲就費盡心力了。

「真正好的演技，可以讓觀眾的心從眼睛裡脫離。就像是把黏土做成的身體和玻璃珠做成的眼睛留在座位上。這個時候，觀眾的心在哪裡呢？就在這裡。」櫻庭學姊用食指輕敲自己的後頸。「觀眾的心會壓在這裡，感覺很沉重。因為重到令人難受，所以會想要快點把這份關注推給下一個人。臺詞會唸得更快，動作也會更粗糙。你要努力撐過這種時候。那麼一來，你就能學會穿上觀眾的心。接下來你可以穿上故事，也可以穿上謎團。」

櫻庭學姊微笑著說道。她的漆黑色眼瞳非常勾人。

下一組的發表開始了。在極短的時間內被奪走心思的我一邊反芻剛才那番話，一邊有些心不在焉地看著即興表演。

練習結束後，我若無其事地向石川學姊搭話。

「剛才的即興表演很有趣呢。」

「咦？……啊……嗯……對呀。」

石川學姊一臉害羞的說道。看來她好像是很怕生的類型。

「不像我，光是要跟上就很勉強了。總覺得練習愈久，就愈能感受到實力的差距……」

「畢竟……他們三個人……特別……厲害嘛……」

「就是啊。對了，那個人也演得很好呢。我是說演伊莉莎白的那位……」

聽完，石川學姊的臉色立刻發白。我驚覺自己說錯了話，但太遲了。她露出某種接近恐懼的表情，只說「抱歉，我去一下洗手間」便離去。

我懊惱地用左手抹臉。忍笑的聲音從背後傳來。

「你被甩了呢。」

櫻庭學姊的臉上掛著壞心眼的笑容。

「我沒有那個意思啦。」

「呵呵呵……是啊。你好像喜歡上已經不在人世的女生了。」

「咦——？」

我睜大眼睛，櫻庭學姊就迅速靠過來，在我耳邊說道：

「你在調查關於天崎華鈴的事吧？」

然後她從我身邊退開，窺視我的眼睛。漆黑色的眼瞳彷彿連一點點細微的感情都能吞噬殆盡。我的眼神不禁有了些微的動搖。

櫻庭學姊再次靠了過來。

「明天，我們約出來見面吧。」

然後，她立刻離去。我的心臟正在劇烈跳動。

隔著口罩，我能聞到櫻花香水的氣味。

13

隔天星期六，我在上午十點抵達新宿車站。

我走出西側剪票口的時候，忽然停下腳步。一個大大的眼睛注視著我。那是稱為「新宿之眼」的裝置藝術。寫在紙上的句子閃過我的腦海。

「神正在看著你们」——

我搖搖頭，再度邁出步伐。

咖啡廳DEGAS——古董磚塊構成的外牆上開著泡芙美人玫瑰，是一棟非常漂亮的建築物。開放式的露臺上擺著深綠色的桌子，晴朗的天空襯托著白色的遮陽傘，讓人聯想到南法風光。櫻庭學姊在傘下喝著冰咖啡，等待我的到來。她今天不是穿平常的灰色褲裝，而是藍色的針織衫搭配白色的百褶裙。她光是坐著就像一幅畫——我這麼想。

「你好慢喔。」她爽朗地笑著，對我揮手。「我等了二十分鐘耶。」

「對不起，我不小心迷路了……」

我坐到位子上，跟她稍微閒聊起來。大概過了五分鐘，一位女店員過來對我們行了一禮，將一杯冰咖啡放在桌上。我比較兩杯咖啡，發現學姊那杯的冰塊並沒有融化多少。

「妳也幫我點了飲料嗎？」

「算是吧。」她的語氣不太乾脆。「——回到正題，你為什麼要到處打聽關於天崎同學的事？」

我的喉嚨非常乾渴，所以我大口大口地喝起冰咖啡。

「其實——我是第一個發現天崎學姊遺體的人。」

我說起那天發生的事。當然了，我巧妙地避開了我的特殊能力和美里的事。我順便編出一段故事，解釋我想找出犯人的動機，以及自己的心境變化。

「原來如此……雖然我不太贊成外行人自作主張，但我很能理解你的心情。」

學姊用吸管攪動表面浮著一層水的咖啡。冰塊發出清脆的聲響。我覺得這或許是個好機會。

「櫻庭學姊——能不能請妳協助我調查呢？」

「協助你？」

「妳很了解戲劇社，也比較容易從女生口中問出線索，我想應該非常有幫助。」

學姊暫時望著混凝土的水漬。金色的圓圈耳環搖晃著反射了夏天的陽光。過了一陣子，她抬起頭，再次擺出那副勾人的眼神，說道：

「——好啊。」

「真的嗎！」

「只不過，我有兩個條件。」學姊豎起手指。「一個是現場向我證明你的推理能力。因為我討厭浪費時間，所以不想做沒有把握的事。」

「妳說要證明，具體來說要怎麼做……？」

這時候，她把右手放到蓋著的帳單夾上。

「規則很簡單，只要猜中這張明細上的金額就行了。」

「咦，這麼簡單嗎——？」

我正要站起來的時候，櫻庭學姊踩住了我的腳。

「前提是，你不能離開原地。也禁止提問或對話。」

「原來如此……」我點點頭。

總而言之，我開始觀察四周。我隔著玻璃望向店內，看見裡面裝飾著竇加的《舞者》複製畫。沒有菜單——這時，我在店外的黑板上發現「冰咖啡五百日圓（不含稅）」的文字。也就是說，兩杯含稅是一千一百日圓。

……太簡單了。櫻庭學姊會提出這麼單純的考題嗎？

我不知該如何是好。如果這種時候可以隨意從眼睛窺視記憶就好了——我心想。對象是人類的情況下，必須在對方流淚的時候才能窺視。要不是有這個限制，我就能立刻解開任何難題了……

「你還真謹慎呢。」

學姊用手撐著臉，語帶挖苦地這麼說。她的表情讓人心跳加速。我打從心底感到佩服。為什麼她能像穿衣打扮一樣，如此自然地「穿上謎團」呢？

——說到穿衣打扮，她今天為什麼穿著跟平時不一樣的服裝呢？我總覺得其中藏著解開謎題的關鍵。我偷偷看著倒映在玻璃上的身影。黑色的高跟鞋就像節拍器，數著流逝的一分一秒……黑色的高跟鞋？看起來好像跟現在的服裝不太搭調。她的腳邊放著附近服飾店的紙袋。這是怎麼回事呢？

忽然間，櫻庭學姊打了個小呵欠，發出「呼啊……」的聲音。這個呵欠十分純真可愛，跟她平時的高冷形象有很大的落差。櫻庭學姊的細長眼睛稍微泛起淚光。這點程度的眼淚不能窺視記憶嗎……？

「幹嘛啦……」櫻庭學姊瞇起眼睛，稍微紅了臉。

「啊，對不起。」

我趕緊別開目光——這時候，我在視線前方的地上發現重要的線索。

「好了，你差不多該得出答案了吧？」

我迅速在腦中建構一套理論——然後點頭。

「我知道答案了。金額是——五百五十日圓吧。」

櫻庭學姊稍微睜大眼睛。「……你的根據是？」

「學姊的椅子旁邊除了黑色包包之外，還有服飾店的紙袋。紙袋雖然是新的，裡面的黑色衣服卻好像不是。而且，學姊現在穿的鞋子跟衣服不太搭調——」我指著倒映在玻璃上的黑色高跟鞋。「不只如此，地面上還有水漬。然後，當我抵達時，妳明明等了二十分鐘，冰咖啡的冰塊卻沒有融化多少……從這些線索看來，應該是店員打翻咖啡，把學姊的衣服弄髒了吧。妳前往服飾店買替換用的衣服，交代店員在我抵達的時候幫忙傳話。妳隨便買了一套衣服，把原本穿的衣服放進紙袋，然後回到這裡。這時候，店員端了新的咖啡來表示歉意。而我抵達之後，機靈的店員也替我準備了一杯咖啡。也就是說，那張明細只有一開始的一杯冰咖啡，總共五百五十日圓。不過，店家應該會算免費就是了……」

櫻庭學姊微微一笑，把帳單夾翻過來。沾有咖啡漬的明細上記載著五百五十日圓的金額。

「真了不起，名偵探先生。」

「這只是簡單的邏輯。」我忍不住裝帥。「請問第二個條件是什麼？」

「第二個條件是——」櫻庭學姊看著我的眼睛。「約會三次。」

「咦？」

「如果你答應跟我約會三次，我就協助你。」

「那……那是什麼意思呢？」

「還有什麼意思，就是字面上的意思啦。你沒發現嗎？我非常中意你這個人喔。」

我感覺自己的臉正變得一片通紅。學姊用游刃有餘的微笑說「你真可愛」。

14

「所以，你是去約會之後才回來的呀。」

不知道是不是我的錯覺，美里用有點生硬的聲音說道。

「沒有啦，我們只是去逛了一下美術館而已。」

我莫名用找藉口般的語氣說道。

「你們好像很甜蜜嘛。像是霜淇淋那件事……」

我一回想就感到害羞，臉頰漸漸發燙。

「那是因為學姊太強勢了……而且，這也都是為了調查。」

「是喔。」我隱約覺得美里的眼神有點可怕。「那位叫作櫻庭千都世的學姊，長得很漂亮呢。」

「……是啊，的確很漂亮。」

「她很成熟又性感，正好是你喜歡的類型呢。」

「…………」

奇怪，美里該不會很介意那句話吧？

「喜歡的類型不一定是喜歡的人嘛……就像喜歡吃肉的人還是會選擇米飯當作每天的主食一樣……」連我自己都開始搞不懂自己在說什麼了。

「你不跟櫻庭學姊交往嗎？」

「我目前沒有這個打算……」

人的感情是很善變的。國中時，我曾經窺視過一個戀愛中少女的眼睛。她原本明明沉浸在彷彿永不消退的純粹戀情中，三天後卻又喜歡上別的男生了。我非常錯愕，體會到接近恐懼的感覺。那份感情到底跑到哪裡去了？難道三天前的靈魂已經死去，有別的靈魂占據了她的身體嗎？

現在的我可以明確認知到，自己是喜歡美里的。一想到美里，我的胸口就感到難受。我很害怕會失去這份感情。

「美里，我們能不能見面？」

「咦——？」美里睜大眼睛。

「我想見到妳，當面跟妳說話。我想當面跟妳一起練習演戲，一起去美術館或其他地方。而且，這樣對調查應該也比較有幫助……」

美里沒有回答。她的表情看起來很僵硬，甚至嘴角下垂。我以為她生氣了。可是漸漸地，她的臉上開始浮現悲傷。就像藍色的水彩顏料從畫紙背面滲透出來似的。

「……對不起，我不能跟你見面。」

我的胸口一陣刺痛。嘴角不知道該擺出笑臉還是哭臉，只是抽搐。

「……妳不想見我嗎？」

「不，不是那樣的——！」

美里挺身向前，又往後退……然後簡短地說道：

「我見不到你。」

「……為什麼？」

美里低下頭來。我這邊是夜晚，她那邊是黃昏時分。過了一陣子，美里抬起頭來。她的雙眼就像夜晚已經早一步來臨般陰暗。我微微顫抖。

「我本來不打算說的，但我決定告訴你。其實我……」

美里呼吸一次。

「我已經死了。」

「咦……？」

這個瞬間，我的腦中一片空白。字句仍然只是聲音，沒有意義——撲通，我的心臟跳了。然後心跳開始急速加快。我用麻痺的舌頭問道：

「等一下，我聽不懂妳在說什麼。死了？死了是什麼意思？」

「……對不起。」

風暴般的衝擊遲了一刻才襲來。那是可以將一切事物都吹垮的風暴。我的腦中亂成一團。我難以呼吸，因暈眩而左搖右晃，就連坐著也很難受。

「你存在的時間裡，我已經不在了。所以，就算我想見也見不到你。」

「咦……為什麼……？」大腦麻痺了。「為什麼……？」

「你今天還是早點睡吧。晚安，阿窈……」

「等一下，美里──！」

連結中斷了。受驚嚇的三郎從我的懷中跳走，往敞開的陽臺衝了出去。然後，我成了一具連眨眼都辦不到的失魂人偶。

15

「你怎麼在發呆？」

櫻庭學姊從旁窺探我的臉，這麼說道。

「咦？沒有啦……沒什麼。」

我正在思考關於美里的事。她明明看得見未來，卻會死──？如果是意外或殺人就能避免。

既然如此，會是因為疾病嗎？她目前看起來很健康，其實病情已經暗中加劇了嗎？再說她真的會死嗎？難道不是美里在說謊嗎？

蟬鳴的聲音將我的腦中攪得亂七八糟——

「你還好吧？中暑了嗎？要不要喝水？」

我順手接過寶特瓶，喝了起來。學姊於是用捉弄人的語氣說：

「這樣是間接接吻喔。」

我嚴重嗆到。學姊拍著手大笑。

「開玩笑的啦，我怎麼可能在這個時代做那種事嘛。」

這時我才終於回過神來。我們正坐在大學的長椅上，討論今後的作戰計畫。

「……對了，我們說到哪裡了？」

「真是的，你專心一點啦。我們說到天崎同學在六月向社團請了大約兩個星期的假。」

我想起來了。

「是六月初到六月中的時候吧。理由是什麼？」

「她說要回老家。」

「她有在打工嗎？」

「有在居酒屋打工。聽說她辦了高額的學貸，所以很賣力工作。可是，她說因為疫情的關係，她不得不辭職。」

「……真奇怪。」

「咦，哪裡奇怪？」

「她沒有理由從老家回到東京。既然課業跟社團都是遠距模式，也沒有打工的話，就算待在東京也只會消耗生活費，不是沒什麼好處嗎？」

「的確，這麼說也沒錯。她跟父母的感情也不差吧？」

「我想應該是……也許她有不公開的交往對象。又或者，單純只是想翹掉社團。」

「那是絕對不可能的。她就算扭傷也會打止痛針再來社團。經常有人誤以為她是靠才華勝過蛭谷同學的執著，但其實她是靠執著輾壓對手的執著。」

「靠執著輾壓執著……」視線前方可以看見翻騰的熱浪。我微微顫抖。

「……搞不好有可能是恢復期。」

「恢復期？什麼意思？」

「我是指整形之後，紅腫或內出血消退的期間。」

「咦？妳的意思是她去做了醫美整形嗎？」

「她以後好像有進入演藝圈的打算，所以也不是不可能。」

我想起天崎學姊的記憶。

『我非常聰明，也非常可愛』——

「總之，我們先確認她那兩週是不是真的待在老家吧。」

我從位子上站起來，前往男生廁所。

然後，我面對鏡子，窺視自己的眼睛。自己眼睛裡的記憶非常容易讀取，也不需要流淚。只要這麼做，大多數的事情都不用作筆記也能想起來——

眼前是天崎華鈴的父母來拜訪我當時的景象。

喪女的兩人那副哀戚的模樣讓我的悲傷又復甦了。

……我記得兩人離去的時候，留了一張寫著電話號碼的紙條給我。我按照時間順序，一一讀取記憶。

眼睛裡的我注意到天崎母親的手腕上包著繃帶，察覺危險的氣息。

然後，眼睛裡的我窺視了天崎華鈴的母親的眼睛——

隨後，我的腦漿馬上像是被果汁機攪打得亂七八糟，如碳酸飲料般冒泡，然後噴發。將腳底浸泡到海裡的感覺乘以三億倍的刺激竄過全身。連靈魂都像是要被強行帶往某處。我感受到踏入無限反射鏡之中的沉醉感與飄浮感，轉眼間便身處在母親的記憶之中。就像睡著的時候，會在不知不覺間進入夢境一樣。

「我」跟女兒相處的時間、時間、時間——！

「我」跟女兒相處的感情、感情、感情——！

眼睛裡的我切斷連結。

我被彈飛到記憶之外。

看到眼睛裡的我流出眼淚，兩人一臉困惑地面面相覷。母親對我有所共鳴似的哭了。

「真的很抱歉。」父親說道。「你應該也受到不小的驚嚇，我們卻突然跑來打擾……」

兩人留下了一張寫著住址和電話號碼等聯絡資訊的紙條。

他們離開後，我無力地關上房門——

我切斷連結，然後擦拭汗水與淚水。

這是我第一次在眼睛裡窺視另一個人的眼睛。時鐘只前進了體感的幾百分之一左右。在眼睛中的眼睛體會到的時間好像會經過極度的壓縮。

我暫時陷入呆滯，等待顫抖平息。

我洗了把臉，反覆深呼吸。

——終於冷靜下來以後，我打了一通電話。

可以的話，我希望是父親接起電話。我不希望讓母親又想起痛苦的回憶。

『——喂？這裡是天崎家。』

我鬆了一口氣。接電話的人是父親。我向他打了招呼，告知我加入戲劇社的消息，並謊稱有戲劇社的社員借了重要的東西給天崎學姊，想要把東西拿回來。

「我聽說她在六月初的兩週有回老家一趟——」

『咦？華鈴那時候沒有回來喔。』然後，父親說了出乎意料的話。『那段時間，她剛好因為新冠肺炎而住院。』

「——咦，新冠肺炎嗎？」

『對。因為情況不嚴重，我們當時還很高興呢……』

鏡子裡的我睜大雙眼。

16

社團活動的時間到了。社辦的門上又出現了一張紙。

「雷霆會選擇落在罪人的頭上」——

「真噁心……」櫻庭學姊把門上的紙撕下來揉成一團。

「門上有時候會貼著這種紙，這到底是什麼？」

「莫名其妙的惡作劇。我一看到就會撕掉，但其他人神經都很大條，總是放著不管。」

「原來是這樣啊。因為看起來跟招募社員的公告很像，所以我還以為這是阿望學長寫的。」

社辦已經聚集了大約十個人。櫻庭學姊在我耳邊說道：

「石川同學今天也有來呢。我去跟她說話。」

學姊一走，須貝就靠過來了。

「欸～紙透小弟！你最近跟櫻庭學姊怎麼感情這麼好？」

「你的眼睛還真利……沒有啊，還好吧。」

「你少來了！櫻庭學姊超酷，幾乎不跟男生來往的。」

「不，她其實有很多調皮的地方。」

「你是在炫耀『只有我知道她隱藏的一面♡』嗎？混帳東西。」

「我沒有那個意思……」

櫻庭學姊在另一頭跟石川學姊高興地聊天。實際上，如果學姊是我的女朋友，我應該會想要炫耀一番──這個時候，門突然敞開，阿望學長現身了。

「嗨，各位，今天真是適合演戲的好日子！」

他的口氣非常開朗，臉頰卻很消瘦、帶著鬍渣，眼下還浮現極深的黑眼圈。

「你怎麼了？變得好像落魄武士！」

「哈～哈哈哈！竟然說我是落魄武士，真是敗給你啦！」

「不要敗給我啦！你連情緒都變得異常亢奮！」

「呵呵呵……現在的我只想大叫：『咕咕～！咕咕～！咕咕～！』」

「他在說什麼？」

「他在模仿莎士比亞的《春》裡面的杜鵑叫聲。」櫻庭學姊站在石川學姊旁邊說道。

「我的新作品──終於！完成了！」

阿望學長如摩西分海一般張開雙臂，社辦便安靜得就像時間靜止了。然後下一個瞬間，社員們立刻吵鬧著一擁而上。

我們分享了劇本的檔案，各自在社辦裡找地方閱讀。

劇本標題叫作《三界流轉》——預計由《吉祥天女》、《火樹銀花》、《光明遍照》的三部曲構成，這次的作品就是《吉祥天女》篇。

我從開頭就馬上被劇情吸引了，專心地盯著手機的小小螢幕閱讀。我一邊揉著眼睛，一邊羨慕起可以用平板電腦閱讀的人。幾個人為了列印，往社辦外奔去。對我來說，不想中斷閱讀的慾望更勝一籌。

主角的原型是鐵門海上人——生於寶曆九年，在二十一歲時進入注蓮寺修行，在七十一歲成為肉身佛的男僧。

17

往後將成為鐵門海上人的砂田鐵在山形縣鶴岡市的青龍川從事粗工。某一天，他邂逅了一名神祕女子。她是個妖豔的美女，於是鐵立刻深深愛上了她。鐵讓遭到某人追趕的女子搭上船，冒險沿著波濤洶湧的青龍川往下游前進。鐵詢問事情經過，女子便說自己是在某個富商家工作的侍女，名叫雀，正因為殺害一家之主的嫌疑而逃亡。兩人認為最危險的地方反而最安全，因此決定反過來躲藏在富商家附近，開始調查真相——然後兩人瘋狂墜入愛河。鐵雖然沒有學識，頭腦卻出乎意料地靈光，發揮名偵探的資質，漂亮地查出了案件的真相。

——不過，由於真凶的計謀，兩人再次被逼上絕境，因此試圖殉情。

然而，最後只有鐵活了下來——

我一度從劇本中抽離，暫時休息一下。周圍的其他人都讀得相當入迷。這篇精雕細琢的故事毫無多餘之處，我明明才讀到整體的四分之一左右，卻已經滿足得彷彿看完一部情節緊湊的電影。不過，故事才正要開始加速——

鐵進入注蓮寺拜師，改名為鐵門海，展開一段嚴酷的修行歲月。左眼因為沾染雀的血而漸漸失去視力，開始能看見一張女人的臉微微浮現在黑暗中。某天，一名女子誤入了女賓止步的寺院。一見到那張臉，鐵立刻奔出寺院，踏上流浪之旅。他認為是自己的邪念與業障引來了幻影。因為那名女子長得與雀一模一樣……

旅行途中，鐵門海決心在連接加茂港與鶴岡城區的加茂坂山頭挖掘隧道。因為這裡雖然是商業要道，卻難以通行，為人們帶來不便。一開始的幾年，他都獨自一人持續挖掘工作，左眼中的女人卻在這段期間內化為清晰的人影，甚至對鐵門海開口說話了。她是一名天女。從前，身為六歌仙之一的絕世美女——小野小町造訪現代的山形縣寒河江市時，天空忽然有天女現身，遺落了繡有十一面觀音菩薩的羽衣。小野小町以日常供奉之佛像為本尊，奉上羽衣及七寶念珠，稱之為落裳觀音。現在向鐵門海說話的眼中女子，正是那個時候的天女。天女在人間散步的時候，被無名盜賊殘殺，血肉更遭到啃食。盜賊相信這麼做就能獲得長生不老的力量。然而，他獲得的並非永生，而是永劫地獄。男人與天女被詛咒束縛而反覆輪迴，每次轉世都必定會相遇且相戀。命運讓他們的其中一方必須殺死另一方。而鐵門海正是那個男人的轉世，雀則是天女的轉世。

得知自身業障的鐵門海雖然戰慄，卻也漸漸對眼中的天女動了心。為了揮別這份情意，他像是著了魔般地持續挖掘，原本總是旁觀的村民終於開始助他一臂之力。工程如火如荼地進行著，眾人卻在岩石中挖出了溫熱的屍體。這簡直是不可能的犯罪。鐵門海雖然陷入苦惱，仍再次運用頭腦解謎，在過程中達到色即是空的境界。當村民為隧道的完工而歡欣鼓舞的時候，鐵門海卻已經消失無蹤。

其實，雀有一個弟弟，名叫薊。雀死後，他察覺到生命危險，因此逃出富商家。然後他深深憎恨害死心愛姊姊的鐵門海，將復仇視為唯一的精神糧食，就像一條目光炯炯的野狗，靠著犯下各種罪行來求生存。

走訪全國的鐵門海抵達江戶的時候，一名女子用肩膀撞到了他。鐵門海大為震驚。因為她正是當年誤入注蓮寺的雀之轉世，而且她的雙眼流出了許多膿。鐵門海雖然不寒而慄，卻也開始照顧瀕臨失明的女子——雲雀的生活起居。同時，他開始調查蔓延在江戶的眼疾。然後，他再度陷入無法自拔的狂熱戀情。

就在此時，他碰上了薊。正當薊要斬殺鐵門海的時候，他看見與心愛的姊姊長得一模一樣的雲雀，頓時失去了氣勢。薊後來也愛上了雲雀，在照顧她的過程中，漸漸開始與鐵門海合作。

鐵門海在不知不覺間使用了南丁格爾在克里米亞戰爭時期建立的統計分析手法，看出傳染的原因在於下水道的缺陷。然而人們卻無法理解。眼疾在人們袖手旁觀的期間持續擴散，而鐵門海對雲雀與天女的愛戀則日漸增強。承受著罹患熱病般的痛苦，鐵門海終於站上兩國橋，挖出有天女寄宿其中的自身左眼，將其丟進隅田川，獻給龍神。人們十分驚訝且深受感動，於是開始相信他所說的話，眼疾終於完全從江戶消失，鐵門海也開始被尊稱為惠眼院。

薊也被這項壯舉感動了，但他仍舊無法背叛一心一意為了復仇而活的過去，於是在萬般掙扎之下，趁著月黑風高之際襲擊鐵門海。鐵門海在黑暗中領悟了一件事，感到毛骨悚然。他發覺，薊正是自己的前世。輪迴轉世與時間無關，前世與來世也有可能生活在相同的時空。

回過神來，地面上已經出現一具屍體。

死者是薊。因眼盲而習慣黑暗的雲雀從背後刺殺了薊。鐵門海感嘆於自己的深重罪孽，從空洞的眼窩中流出血淚，痛哭不已。

鐵門海帶著犯下殺人罪的雲雀，朝注蓮寺出發。兩人從奧州幹道走到桑折，從桑折走到羽州幹道，順利地一路前進。但就在七宿過夜的時候，兩人終於跨越了男女的界線。猛烈的愛與後悔襲向鐵門海。他大哭了一場，然後向旅館主人借了一把小刀。接著，他留下一個小包裹與雲雀，獨自離去。隔天早上，打開小包裹的雲雀哭得聲嘶力竭。因為小包裹裡頭裝的是鐵門海的陽具……

回到注蓮寺的鐵門海發狂似的投入修行。他熱衷於苦行，忘了天女與雲雀的事。到最後，他為了成為肉身佛，開始實行木食。這是一種戒除十穀，讓身體漸漸化為木乃伊的修行。這樣的修行將持續千日，最終在土中入定。他被埋進地下的一座小石室，持續搖鈴。當連接到地面上的竹筒再也沒有聲音傳出的時候，就表示他已經成為肉身佛了。

說到被留在七宿的雲雀，她經歷了壯烈的人生後變得十分虛弱，即使如此仍然愛著鐵門海。雲雀始終不知道鐵門海身在何處，卻透過傳聞得知他即將在注蓮寺成為肉身佛，於是一路趕往湯殿山。這趟路途對患病的盲人來說，實在太過艱辛。她一心只想再見鐵門海一面。

鐵門海在黑暗中想著釋迦所闡述的「解脫」。輪迴轉世是生死的迷惘，完成修行並達到滅度境界的僧人不會再誕生到這個世上。鐵門海想要斬斷自己與天女之間的詛咒輪迴。據說釋迦在菩提樹下修行的時候，曾有惡魔（魔羅）再三現身阻撓。所以，右眼再次看見天女的時候，他以為是惡魔（魔羅）出現了。天女實在太過美麗，與乾枯的鐵門海正好相反，散發著鮮嫩的光芒。天女對他訴說愛意，遙遠前世的記憶便復甦了。盜賊正要殺害天女的時候——天女笑了。她說我們會被詛咒相連，從此以後永遠相愛並互相殘殺，這讓我非常高興。盜賊無法理解這番話的意思……鐵門海看見一條散發光輝的繩子。那是一對男女永遠糾纏不休的輪迴之繩。鐵門海用顫抖的指尖撫摸那條繩子。強烈的懷念與留戀在他的心中燃燒。但是鐵門海靠著超乎常人的意志力，離開了那裡。

鈴……鈴……鈴……鈴聲持續迴盪。間隔逐漸變得愈來愈長。戰勝誘惑的鐵門海正要殞命的時候──「鐵門海大人！」雲雀呼喚了他的名字。她用盡最後的力氣，甩開上前制止的弟子們，挨在竹筒邊不斷呼喚。

聽見雲雀的聲音從遠方傳來，鐵門海那副應該已經徹底乾枯的身體流出了淚水。雲雀的美麗身影浮現在眼中。閉著眼睛的溫柔臉龐發出淡淡的光，化身為彌勒菩薩。

鈴聲停止了。雲雀從此一動也不動。

兩隻小鳥高高飛往天上。

18

我讀完劇本的時候，外頭的天色已經開始暗了下來。我感受到時間的扭曲。好像只過了短短一瞬間，又好像過了數十年，感覺非常奇妙。我環顧四周，所有人都沉默不語。讀完的人沉浸在餘韻之中，還沒讀完的人則忘我地看著劇本。我因為太過感動，陷入了呆滯的狀態。這是一部了不起的傑作。我參加的即興表演明顯對這部作品造成了影響。如果沒有遇見美里，那場即興表演也不可能成立，這一連串的因果讓我體會到何謂「命運的觸感」。

我無意間望向櫻庭學姊的側臉。

眼淚映照著黃昏的色調，從她的臉頰上滑落。

19

我們從隔天就開始排演。所有人分成幕前與幕後，藉著演技、音樂、燈光等各式各樣的元素來建構《三界流轉》。一股狂熱的氛圍充滿了整個社團。

我覺得自己就像是搭上一輛高速前進的列車，被不由分說地送往未來。自從上次分別後，我還沒有跟美里說過話。我的心情難以調適，必須花費相當大的工夫才能專心在演戲上。

「天才，阿望學長真的是天才。」佐村興奮地說了好幾次同樣的話。「看完《轍之亡靈》的時候，我還以為自己的人生搞不好看不到更好的作品了。可是我又看到更好的作品了！阿望傳說才剛進入序章而已！」

「受不了，瘋狂信徒真的是沒救了……」須貝搖搖頭。

「沒辦法，因為他讀了那部劇本嘛。」院瀨見苦笑著說道。「我們都覺得他很厲害，搞不好其實是日本第一呢。像我這種凡人，大概總有一天會被甩在後頭吧……」

院瀨見學長不像平常那麼裝模作樣，看起來有點落寞。

「有什麼關係嘛，反正你有錢啊。」

須貝用奇怪的方式安慰他。
院瀨見學長用指尖敲打手錶的錶面，一語不發地離去。
「啊啊，他生氣了。」須貝搔著鼻子說道。「因為他是想成為『大人物』的人嘛。可是這個時候，真正的『大人物』卻在家裡呼呼大睡。」
阿望學長最近幾乎是不眠不休地撰寫三界流轉，所以他今天好像沒有來學校，一直在補眠。或許是因為所謂的光環效應，就連這個舉動也讓人覺得很天才，真是不可思議。
我唸著臺詞，感覺到前所未有的困難。一開始的鐵門海是個非常粗俗，甚至帶著暴力氣息的無賴。他跟老是窩在房間裡、看起來蒼白又瘦弱的我正好相反。我覺得自己不管怎麼做都難以表現粗暴言語中蘊含的力量與節奏。
相對之下，櫻庭學姊立刻就入戲了。她只是轉變眼神，下一個瞬間就已經化身為雀。一人分飾雀、天女、雲雀等三角並不容易，但照這個情況看來，她應該能演得得心應手。
又到了休息時間，這時櫻庭學姊偷偷對我招手了。
我們移動到不會被別人看到的地方。
「我從負責燈光的石川同學那裡問到線索了。」櫻庭學姊壓低聲音說道。「就結論而言，我覺得黑山學長很可疑。」
「黑山學長——？」出乎意料的名字讓我很驚訝。「到底是怎麼一回事？」
櫻庭學姊攤開印著月曆的紙。

「我們不是已經知道，天崎同學那空白的兩週其實是感染了新冠肺炎嗎？那段期間，其實社團裡還有一個人請假。」

「那個人就是黑山學長嗎？」

櫻庭學姊點頭。

「雖然他平時就是常常缺席的人，但那段時間確實不在。而且，天崎同學好像有在跟社團裡的某個人交往。就連石川同學也不知道對象是誰。」

「……所以說，她交往的對象是黑山學長，然後他們在隔離期間有見面，因此而感染了新冠肺炎？」

「就是這麼一回事。如果事情真是如此，就表示黑山學長明明失去了女朋友，卻表現得若無其事。」

「原來如此……看來值得調查一番。」

我開始思考能不能找機會窺視黑山學長的眼睛。如果是殺人這種強烈的記憶，一次就看見也不是不可能。

「謝謝妳的幫忙，櫻庭學姊。」

「……千都世。」

「咦？」

「直接叫我的名字——千都世。」

學姊用有點害羞的表情說道。我正不知所措的時候，千都世學姊露出迷人的笑容對我說：

「還有兩次約會，不要忘了喔。」

然後她一個轉身，踩著高跟鞋離去。我搔著後腦杓，冷靜下來之後才回到社辦。

——我的心臟跳得好快。

我看見黑山學長走在社辦大樓的走廊上，於是立刻接近他……

「各位，請注意！」黑山學長一踏進社辦，就這麼大聲喊道。「我請神田川先生讀了《三界流轉》！」

神田川——？沒有聽過的名字。大家一口氣聚集過來。現在的狀況不適合調查。平常總是很冷靜的黑山學長罕見地顯露興奮的情緒，啪的一聲拍打一疊原稿。

「他說是傑作！神田川先生答應全面協助我們！我們能在大舞臺上演出了！」

大家都忘了疫情的事，高興地抱在一起歡呼。我注視著黑山學長的背影，親身體會到命運的強烈潮流，因此戰慄不已。

20

那天，跟戲劇社無關的學生確診新型冠狀病毒，於是我們從隔天便再次展開隔離生活，然後直接進入暑假。

21

「總而言之，先做好我們現在能做的事吧。」

阿望學長在筆記型電腦的畫面上這麼說，今天的社團活動就結束了。我量了體溫，結果是三十八度。我昨天接種了第一劑疫苗，今天一早就有倦怠感，卻還是勉強參加。

我吃了退燒藥，躺到床上。冷氣機依然發出挖掘般的陣陣噪音……自從阿望學長寫完《三界流轉》，已經過了十天的時間。這段期間有種各種齒輪都亂了套的感覺。練習效率明顯下降，進度遠遠不及熱情。槍擊案的調查完全沒有進展，跟千都世學姊約會的約定也還沒兌現。最讓我難受的是，三郎到現在都還沒有回來。牠現在在哪裡做些什麼？有沒有碰到意外？如果有，我就再也見不到三郎跟美里了，也無法阻止槍擊案……光是思考就讓我感到鬱悶。

我一直在發呆，時間就到了晚上。我打開燈，開始閱讀，「Notes」。這是阿望學長獨創的劇本格式，名稱的由來應該是「原稿（Note）」、「音符（Note）」、「記號（Note）」之類的詞彙。一小節四拍的樂譜與劇本以上下分割的編排方式標記在一起，使用特殊的記號，嚴格規定舞臺的進退場及臺詞的時機。

「你聽過一句話嗎——？」阿望學長在十天前說道。「『所有的藝術都會不斷追求音樂的狀態』——這是維多利亞時代的英國評論家華特・佩特說過的話。我認為，戲劇表演愈是精緻，就會愈接近音樂。所有元素會發揮樂器般的功能，演奏出一首美妙的樂曲——這就是我的理想。」

我一問才知道，阿望學長會拉小提琴，喜歡的作曲家是巴哈。他的一切都太令人意外了。不管怎麼看，他明明比較像是喜歡三味線或華格納的類型——姑且不說這個，經過十天的練習，我已經能將Notes解讀到一定程度了。的確，只要仔細追逐記號，就會浮現某種類似和弦進行的旋律。我用指尖敲打節奏，對自己出場的橋段進行意象訓練。

為了迎接明天，我懷著忐忑不安的心情，進入了淺淺的睡眠。

22

早上九點，所有社員都打開鏡頭，映照出各自的房間與臉。

「好，都到齊了吧。」

阿望學長說道。天狗面具、星際大戰的海報與寫著「克己心」的書法作品構成一套荒謬的室內裝潢，特寫在畫面上。我不管看幾次都很想笑。他背後的書架上塞滿了《查拉圖斯特拉》、《腦髓地獄》、《經集》等標題讓人摸不著頭緒的書，甚至醞釀出某種異界般的氛圍。

「今天就跟先前的預告一樣，要從開頭連續演到整體的四分之一。」

「三界流轉」的長度將近三小時，所以算起來約是四十五分鐘。劇情大約進展到砂田鐵與雀試圖殉情，卻只有鐵活下來的地方。

黑山學長接著說了下去。背景中有投影幕和音響器材，以及觀賞用的龜背芋盆栽。椅子是附頭枕的高級品。我用複雜的心情看著他。他有可能是殺害天崎學姊的犯人……

「大家不必演得多麼完美，但要確實遵守節奏，掌握整體的流程。請幕後工作人員把這次的練習當作今後舞臺規劃的參考。那麼，我們從九點半開始。」

大家各自開始為自己負責的段落進行最終確認。我也打開了劇本——卻完全讀不進腦袋裡。我原本想吃抗焦慮藥物但又作罷，閉上眼睛靜靜忍受。

時間來到九點半。不中斷的練習開始了。

「來，下注了下注了，半還是丁！」

第一幕從賭場開始。賭博的步調進行得十分輕快，砂田鐵大獲全勝。然後莊家開始出老千，看穿這一點的鐵因此盛怒，憤而大鬧——我一開始將臺詞唸得有點浮躁，但也漸漸適應了。被打倒的人把臉湊近鏡頭，搞笑地發出「嗚啊～」的叫聲，引起其他人的爆笑和掌聲。這個舉動一口氣舒緩了我的緊張。這是練習，雖然要認真演，但可以開心一點沒關係——於是，我立刻覺得有趣了起來。劇本構成的節奏令人感到舒暢。我投入到角色之中，不再介意他人的視線。

然後，輪到雀出場了。

現代風裝潢的時髦房間特寫在畫面上。用草笠遮住臉部的千都世學姊以躲避追兵的神情舉止，逃進畫面裡……我覺得她演得很好。她只用簡單的呼吸，就能傳達稍微誇張，卻又不會太過誇大的緊張感。而且不知是怎麼辦到的，她依然「穿著謎團」，能夠吸引觀眾的目光，並且讓觀眾期待接下來的劇情發展。我看得入迷而差點打亂節奏，不禁冒出冷汗。

到了用破爛的小船在激流中前進的一幕，音效組製造的暴風雨充滿臨場感，讓我的演技變得更加有力，聲量也更大。

劇情發展到富商家時，我看了一下時鐘，驚訝地發現時間已經過了十幾分鐘。一方面因為體感時間只有一瞬間，另一方面是因為短短的時間內就包含了如此豐富的內容，讓我感受到雙重的驚訝。我擦拭額頭的汗水並調整呼吸，隨即進入下一幕。

圍繞在富商家的一連串謎團展開的同時，鐵與雀也墜入愛河。我切身體會到共同演出的男女演員容易假戲真做的現象。演員會分不清當下的感情究竟是屬於劇中人物，還是屬於自己。而且，千都世學姊的演技實在太有魅力了。上一刻還是個嬌羞的純情少女，下一刻就散發無底沼澤般的神祕妖豔感。我只能勉強跟上她的步調，這一點也讓我體會到被牽著鼻子走的男人是什麼心情。

演到兩人互相擁抱的一幕時，我感到非常害羞。因為是遠距排演，所以我們必須抱著空氣訴說愛意。我的脖子開始冒冷汗。可是千都世學姊這時也游刃有餘，一點也不會給人滑稽的感覺，直到最後都演得十分優美。

故事漸漸發展到序幕的高潮。節奏變得更快，情緒也激昂得幾乎要爆發。鐵發揮了名偵探的

才能。演到破案的段落時，我有種恰到好處的感覺。就像是成功駕馭心靈相通的馬匹一樣，接近確信的感覺……我知道阿望學長正在電腦畫面中點頭。不知為何，他肯定打從一開始就知道會有這個結果。

雖然漂亮地破了案，鐵與雀卻因為犯人的計謀而被逼入絕境。知道自己已經無路可逃的兩人決心殉情。約好來世再相見之後，兩人用短刀刺穿彼此的腹部，然後躍進青龍川。最後，只有鐵活了下來。

「是我殺了雀！」大受打擊的鐵正在哭喊的時候，追兵趕來了。經過一番苦戰，鐵殺死了追兵。

「殺了一個人，就注定要殺死第二第三個人……！」

這個時候，鈴——的一個聲音響起。

鈴聲——？

我以為是我聽錯了，於是繼續演戲。可是，聲音再次傳進耳裡。

鈴……

鈴……

鈴……

聲音詭異地持續響著。

「這是什麼聲音……？」

終於，阿望學長發言了。我暫停演戲。突然間，須貝喊道：

「黑山學長！」

尖叫接二連三地響起。我趕緊放大拍攝黑山學長的畫面——震驚不已。

——是肉身佛。

深紅色的直裰、藍黃相間的五條袈裟，以及金色的觀音帽與乾枯的臉孔……

不折不扣的肉身佛詭異地站在黑山學長的背後。他的右手一動，使有鈴……的聲音響起。我發不出聲音，一股脊椎被冰柱貫穿般的寒意在全身上下流竄。

「你們怎麼了——？」

黑山學長一臉疑惑。

「學長，你後面——！」

須貝如此大叫。

「後面……？」

黑山學長連同椅子一起往後轉——這個瞬間，肉身佛行動了。

他以左臂抱住黑山學長的姿勢，將鏡頭遮住。

化為一片漆黑的螢幕反射了我因恐懼而扭曲的臉。

槍聲響起。

黑暗散去。

有人放聲尖叫。

黑山學長的胸口開出一個洞。

肉身佛再次搖鈴，發出鈴……的一個聲響。

然後他背對鏡頭，不帶腳步聲地從映照在背景中的門框迅速離去。

在一陣驚叫之中——我摀著臉，跪坐在地上。

第二起殺人案發生了——！

23

阿望學長已經報警，而我們則要乖乖等待下一步指示。過了一陣子，警員出現在畫面上。

我關掉麥克風，坐在地板上。腦袋什麼都無法思考，就像裝了鉛塊一樣沉重。

不知道過了多久——我聽見一陣喀哩喀哩的聲音。

是三郎正在抓玻璃。我發出啊的一聲，趕緊打開落地窗。

「你到底跑到哪裡去了……！」

我的雙眼不禁滲出淚水。三郎身上有一股動物的騷味，但我仍然把牠抱到懷裡。牠用喉嚨發出呼嚕呼嚕的聲音，並搖起尾巴。

我再次坐到地板上，窺視三郎的眼睛——

美里的臉上掛著鬱悶的表情。我暫時說不出話來。

「好久不見……」說完，我才想起彼此的時間流逝並不相同。「出現第二名犧牲者了。」

「是黑山學長吧……我很遺憾，也很難過。」

她的口氣讓我感到弔詭。某種冰冷的感受一下子爬上背脊。

「……難不成，妳早就知道黑山學長會被殺死了嗎……？」

美里的表情染上一層淡藍色。寶石般的榛果色眼睛——正中央有一個深不見底的洞。櫻花色的嘴唇顫抖著閉上，然後又張開。

「……我早就知道了。」

一瞬間，我的心變得像畫紙般一片空白。然後，一團既不算悲傷也不算憤怒的黯淡顏色被狠狠甩在上面，讓眼淚不由自主地湧出。

「什麼意思？妳明明知道還瞞著我？所以妳對黑山學長見死不救嗎？」

「對不起……」她依然用凍結的表情說道。「黑山學長被殺的事……是命運。這件事已經注定了，我們再怎麼掙扎都沒辦法推翻。」

「什麼叫作命運……就算妳這麼說，我也不能理解。如果我破壞今天的練習，不就能防止黑山學長被殺了嗎？」

「事情沒有那麼單純。就算你那麼做，黑山學長也會在別的日子被別的方法殺死。除非有很重大的轉變，否則生死是不可能推翻的……就是因為這樣，所以我也會死。」

我們陷入沉默。三郎發出哀傷的叫聲。

美里觸摸左耳的耳環，這麼說道：

「……我目前知道，我會因為遇上空難而死。就算我沒有搭飛機，也會因為車禍、隨機殺人或疾病等其他的形式而死。所謂的命運就是這樣。」

我的胸口痛得厲害。美里的語調明顯帶著某種超然的色彩。

但是，我無論如何都無法認同。也許美里在說謊。她一定是因為有什麼苦衷而不能見我，其實本人還活著，只是瞞著我而已。這樣的可能性並不是完全不存在。不，反而非常有可能……有沒有什麼方法能看穿美里的謊言呢？

如果能窺視美里的眼睛……

我頓時一陣顫抖。

日前，我窺視鏡子裡的自身眼睛，又在記憶中窺視了天崎學姊的母親的眼睛。同樣地，我是不是也能窺視三郎眼裡的美里的眼睛呢？而且，既然她知道未來——也就是擁有關於未來的記憶——窺視她的記憶，是不是就能預知未來了呢？

——我嗅到危險的味道，有種不好的預感。感覺就像是會引發無可救藥的最糟結果……

但是，即使如此，我依然想尋求美里還活著的希望。

要窺視她的眼睛，就必須讓她哭泣。

我閉上眼睛，想像美里喪命的模樣。想像得非常強烈，而且非常逼真。於是一股難以忍受的悲傷湧上心頭。我睜開眼睛，眼淚便掉了下來。光是想像美里遭遇苦難的樣子，我就成功哭出來了。我就這樣一語不發，只是不停地流著淚——

「對不起，阿窈……」

美里的表情因悲傷而扭曲。一顆一顆淚珠從她的眼眶滑落——

我窺視美里的眼睛，與其連結——

腦漿被果汁機攪打般的強烈感覺向我襲來。

現實與夢境、夢境與自我的界線消失，讓我無止境地墜落到無限反射鏡的深處……

咻——咻——咻——彷彿有風穿過樹洞的聲音響起。

火花發出一陣陣爆裂聲。鼻子聞到焦臭味，臉頰感受到雨滴……

強烈的睡意使眼瞼變得極度沉重。

視線很模糊，雨滴無情地滲進眼裡。

我看見黑暗的月亮。

漆黑的滿月被地獄之火包圍，正在燃燒著。

某人彷彿將那片幽暗的光芒穿在背後，正俯視著自己……

腹部感受到尖銳的痛楚。那是致命性的疼痛。肚子上開了一個洞。心臟每次跳動，就能感覺到生命正從那裡漸漸流失。

我很確定。

——「我」即將死去。

然後，連結中斷了。

第三幕

1

不知從何時起，我已經身在陌生的城市。回過神才發現自己被一陣傾盆大雨淋濕，正躲在一條窄巷的凹陷處。手裡握著一罐高酒精濃度的五百毫升罐裝高球燒酒。我身上明明沒有手機和錢包，不知道是怎麼拿到酒的。身體已經冷到骨子裡，牙齒不停地打顫。我雖然覺得想吐，卻靠著喝酒來取暖。

屁股的口袋裡塞著一本我不知道的口袋書——法蘭茲．卡夫卡的《變形記》。這是主角在某天突然變成一隻蟲的故事。我現在的感覺就像是變成了一隻蟲，噁心得吐了出來。我原本想丟掉這本書，卻又想起美里很珍惜書本的事而作罷。

我的眼頭發熱，於是低聲啜泣。那毫無疑問是未來的記憶。美里真的會死。我不知道那顆黑暗的月亮和火焰究竟是什麼，總之美里終將喪命。她的肚子上開了一個洞，在寒冷又陰暗的地方死去。這讓我感到悲傷不已。我也想到黑山學長的事。那真的是命運嗎？如果我更努力，是不是就能阻止這一切發生了呢——？

我左思右想的期間，雨就停了，天也亮了。心情明明差到極點，從高樓之間仰望的晨曦還是很美麗。

我搖搖晃晃地踏上歸途。昨天的我大概是想逃到遙遠的他方，這裡卻比想像中還要近。我在早上九點到家，淋浴後鑽進被窩。

2

黑山學長遇害之後的第五天，栃木的老家舉辦了他的葬禮。

那是一棟有山水造景的木造平房，鋪著日本瓦的人字屋頂在青空下閃耀著光輝。黃鶲以鬼瓦為舞臺，悠閒地唱著歌。我們在屋簷下舉辦著陰鬱的儀式。黑山學長的照片被白色菊花圍繞著，帶著靦腆的笑容。平常總是抽著菸的他給人一種酷酷的印象，但不知道是不是因為虎牙的關係，照片上的他看起來就像個容易受傷的孩子。

有幾個看似新聞記者的人出現，卻又被趕走。警察遺失的手槍被拿來犯下連續殺人案的情報從某處洩漏，成了媒體連日報導的大新聞。「肉身佛」這個詞彙沒有出現在新聞上，可見媒體似乎尚未掌握詳細的情報。

葬禮進行到座禮燒香的段落時，和尚一出現，就有人發出了尖叫聲。是蛭谷學姊。她有過度換氣的情況。「要被殺了，要被殺了，要被殺了……！」她在社員的陪伴之下離席。

「她可能是看到袈裟，就想起了案發經過吧。」

坐在我旁邊的梅子學姊對我說道。她今天用染髮噴霧將頭髮染成黑色，妝容也比較低調，呈現清純美少女的風格。她把手放到嘴邊，偷偷跟我說：

「其實，美和子好像覺得那是肉身佛的詛咒。」

「詛咒嗎？」我睜大眼睛。「怎麼可能。」

「因為她還滿迷信超自然現象的。她很容易被晨間節目的占卜影響心情，而且也常常相信陰謀論。她好像有對華鈴下過詛咒，覺得是這件事影響到黑山學長了。所以，她認為詛咒遲早會回到自己身上。」

「正所謂害人害己吧……」

和尚以防疫為由，用手機播放般若心經，不斷敲打木魚。世界上真的有很多思考模式不同的人——我心想。

我們移動到火葬場，對遺體進行最後的道別。

現場充滿啜泣的聲音。輪到我的時候，我望進棺材裡。黑山學長看起來就像是安穩地沉睡著。因為子彈是貫穿心臟，所以頭部很完整。眼眶湧出淚水，所以我趕緊讓下一個人上前。阿望學長帶著一雙紅通通的眼睛，在棺材前立正站好。然後，他用小小的聲音說道：「下次再一起演戲吧。」

然後，遺體被送進火化爐。

我們移動到聚餐場地，享用家屬招待的開齋料理。社員們輪流跟家屬聊起自己與死者的回憶。經過火葬這一關，氣氛多少緩和了一點。

「你還一臉憂鬱啊。」隔著防疫用的壓克力板，我左邊的千都世學姊說道。喪服與珍珠項鍊非常適合她。「我明明有聯絡你，為什麼不回我？」

「對不起，我狀況不太好……」

實際上，我得了夏季感冒，一直臥病在床。應該是因為淋了一整晚的雨吧。只要我有心就能聯絡她，但我根本沒有那個力氣。不過，千都世學姊好像過度解讀了。

「你該不會覺得這是自己的責任吧？」

「咦——？」

「你覺得自己更努力找出犯人的話，就不會發生這種事了吧。那只是你自以為是。你真以為自己是名偵探嗎？」

我什麼話都說不出來。千都世學姊突然用力拍打了我的背部。我嚇了一跳，她便用溫柔的表情說：

「別想不開了，今後再讓我看看你帥氣的一面吧，我的名偵探。」

說完，她移動到別的座位。我搔了搔自己的後頸。感覺就像是擺脫了什麼鬼怪，身體漸漸輕盈起來。真是敗給女演員了——我心想。

「欸，我看你真的有在跟千都世交往吧？」

我右邊的梅子學姊說道。她的口氣聽起來只是隨口問問。

「我們沒有在交往。梅子學姊才是，妳喜歡他嗎？」

她在筷子套上畫著院瀨見學長的肖像塗鴉。

「啊哈哈，這個只是隨手畫的啦～畫畫可以讓我安心。我一點也不喜歡他……反而很討厭～因為他很愛現嘛～他手上那只看起來很貴的錶就是貸款買的耶，明明還只是學生。他想表現出自己家很有錢的樣子，吸引女生的目光。連衣服也都只穿名牌。我超討厭那種人的～」

「是喔……」因為他被嫌得一無是處，有點可憐，所以我決定不繼續追問。

「正在跟院瀨見說話的就是製作人神田川幸尚先生。」

所謂的製作人，就是負責企劃、行程管理、預算編列的職位。聽說他原本就是經營劇團的人，看了《轍之亡靈》之後大受感動，於是協助這部作品登上商業舞臺。多虧他的鼎力相助，《三界流轉》才有機會在大舞臺上演出。

「啊啊，原來就是他……跟我聽說的一樣，看起來人很好。」

神田川先生是一位年近六十的紳士，將混著白髮的頭髮梳理得十分整齊。黑框圓眼鏡與鼻下鬍鬚的組合散發著藝術家氣息。他一笑，眼角便浮現皺紋。

過了不久，神田川先生來到我面前打招呼了。

「我聽黑山提過你的事。你好像一加入就躍昇《三界流轉》的主角了呢。」

「是的……因為一些意外的插曲。我的實力還不夠，會盡量用努力彌補。」

神田川先生仍然注視著我的眼睛，點頭說道：

「明天能不能見個面？我有些話得先跟你說。」

我很驚訝，但還是答應了這個邀約，並跟他交換聯絡方式。

忽然間，黑山學長的父母所說的話傳進我的耳裡。

「他的新冠肺炎痊癒時，我們還鬆了一口氣，沒想到會發生這種事……」

黑山學長那空白的兩週果然是罹患了新冠肺炎。但我完全不明白這跟案情有什麼關聯。

過了一陣子，我們再次移動到火葬場。

在肅穆的氛圍之中，我們看著遺骨被放進骨灰罈的過程。不知道美里的遺骨現在在什麼地方

——我無意間心想。

儀式順利結束後，我們正要離開時，阿望學長被叫住了。黑山學長的父母用溫柔的表情說了幾句話，然後將一個小盒子交給他。阿望學長用惶恐的神情低頭行禮了好幾次，最後開始號啕大哭。他哭著回到我們面前，用強而有力的語調說道：

「不管有多辛苦，我們就算用爬的也要完成《三界流轉》。你們願意把力量借給我嗎！」

我們就像斯巴達戰士一樣，發出「哦哦！」的勇猛回應，抱著哭個不停的阿望學長的肩膀，一起走向車站。

在回程的新幹線上，須貝喝了許多啤酒，醉得在廁所吐了。

3

下午三點，我們在新宿車站附近的咖啡廳碰面。

神田川先生穿著水藍色的針織ＰＯＬＯ衫，搭配窄款的九分褲與涼鞋，顯得休閒又時髦。先到現場等待的他站了起來，笑咪咪地向我打招呼。我們倆都點了維也納咖啡。

「你是兵庫人啊，我去過那裡。那是什麼地方來著？櫻花路樹很漂亮的……」

「是『小野櫻花河堤迴廊』吧。一條很長的櫻花隧道。」

「啊啊，就是那裡，那裡很漂亮呢。我最近有點健忘，真傷腦筋。」

神田川先生笑得臉都皺了起來，掩飾自己的難為情。不過聊到戲劇相關的話題時，他接二連三地提到各種專有名詞。他穿插著戲劇論，幽默地談論關於舞臺劇和名人的話題。

「那個帥哥演員遲早會露出馬腳。到頭來，對工作沒有熱情又不認真的男人，不管做什麼都不會成器。因為他明明是外行人又不練習，所以我馬上就開除他了。」

我點頭，然後說道：

「您今天是想要觀察我究竟是不是會認真練習的外行人吧。」

神田川先生稍微抬起左邊眉毛，把眼鏡往下挪，用肉眼看著我的眼睛。

「就跟我聽說的一樣，你的頭腦轉得很快……你可別怪我。我也是打算把自己所剩不多的下半輩子投注到《三界流轉》上，所以總得早點剔除不好的嫩芽。」

「我可以理解。」我筆直地回望神田川先生。「我已經作好知難而退的覺悟。」

神田川先生抿起嘴唇，輕輕點頭兩次。

「你……不錯。我看過喪屍的即興表演影片了。到目前為止的戲劇生涯，我是第一次見到剛入門就能演到這個程度的人才。你是個很有潛力的外行人。」

「謝謝您的誇獎。」

我坦然說道，內心沒有一絲憤怒。神田川先生露出少年般開懷的笑容。

「好極了。我有東西想讓你看看，跟我來吧。」

我們走出咖啡廳，步行了十分鐘左右，然後進入一棟貼著磁磚的老舊大樓。

「這裡是我的工作室。裡面有練習室、錄音室，還有小型的舞臺。」

每個房間都很有年代感，卻保養得很好。我們走進三樓西南方邊角的房間。這裡有投影機和投影幕，還擺著折疊椅。神田川先生一邊拉上遮光窗簾，一邊說道：

「百聞不如一見。一次的親身體驗，能讓人學習到的東西往往是最多的。你知道阿望安尊是誰嗎？」

我搖搖頭。神田川先生說：

「他是志磨男的祖父。那已經是三十年前的事了——我看了他的舞臺劇影片，叫作《吉祥天女》。那部影片是黑白的，畫質也非常差，但我一點也不在意。我一瞬間就被劇情吸引，忘我地觀賞那齣戲。就在那個時候，我學到了關於舞臺劇的一切。彷彿在黑暗中拿到火把一般，突然看清了許多事物。就像這樣。」

神田川先生打開牆壁上的開關。日光燈照亮了室內。

「《吉祥天女》——」我低聲複誦。「跟《三界流轉》第一部的副標題一樣呢。」

「我原以為自己這輩子再也看不到超越那部舞臺劇的作品了，但如果是《三界流轉》的話，或許……我想志磨男可能是想要超越他的祖父。他大概是覺得這麼做的話，就能了卻爺爺的遺憾吧。」

「遺憾？」

「《吉祥天女》也是三部曲，阿望安尊將一切都賭在這個作品上。他甚至單單為了這齣戲就自掏腰包，建造了名為『天女館』的建築——但是，擔任女主角的妻子基於不明原因而自殺，使一切都化為烏有。安尊或許是出於絕望，再也不願意站上舞臺。最後他病倒了，據說他一邊痛苦地掙扎，一邊在朦朧的意識中反覆說著『把天女館燒了』之類的夢話……」

現場瀰漫著凝重的沉默。神田川先生完成播放影片的準備後，將房間的燈光關掉。周圍變得一片漆黑。說話的聲音從黑暗深處傳來。

「安尊一定是被『詛咒』吞噬了。」

我感到毛骨悚然。

「安尊透過戲劇所探討的生涯主題是『詛咒』與『解咒』。打破虛構與現實的界線，在冥界與人世之間開出一個洞，讓觀眾融入故事，並將其解放……你知道詛咒是從哪裡來的嗎？」

我搖搖頭。神田川先生就像是看得見我一樣，繼續說了下去。

「說到安尊，運用『旋轉舞臺』與『升降臺』的新穎演出手法非常有名，但他同時也是一名活躍的前衛藝術家。他以前曾創作一個名為《詛咒的產道》的作品。那個作品只有一片平凡無奇的白牆，上面挖了一個洞。可是往洞裡窺視的客人都紛紛發出驚叫。我也曾戰戰兢兢地往洞裡窺視過。」

「……您看到了什麼呢？」

我嚥下口水。

「一個背影——」神田川先生說道。「某個人背對洞口站著。然後，他的影子漸漸延伸，吞噬了背影。那個人消失以後，又有別人的背影出現，並且再次被影子吞噬。然後又有背影出現……同樣的反覆在意識深處漸漸留下某種詭異的印記……接著，意識忽然產生空白的瞬間，眼熟的背影出現了。異樣感讓頭腦陷入混亂。然後我發現——那是自己的背影。我因此感受到難以言喻的恐懼，嚇得發出啊的一聲驚叫，從牆邊退開。正在排隊等待的人睜大了眼睛。我於是擠出一個笑容，就像剛剛被惡整了一番似的。不過，那天晚上我作了惡夢。內容是自己就那樣繼續窺視的話，會有什麼下場……」

「……會被詛咒。」

我知道他在黑暗深處點了點頭。

「詛咒會從這種小洞中產生。如果有人往裡面窺視的話。安尊也窺視了開在某處的洞，然後遭到吞噬……《三界流轉》是解除詛咒的故事。累積無數詛咒以後，在最終章的《光明遍照》，圓環的建構與解體會同時進行，解除所有的詛咒——」

強烈的沉默籠罩我們。

神田川先生清了一下喉嚨，繼續說道：

「……我扯遠了。我想說的是，你應該多看看好的演技。直到三年前為止，我領導的劇團就有一個天才。她不輸安尊的妻子，是不折不扣的天才。你一看就知道她有多厲害了。」

舞臺的布幕映照在投影幕上。布幕緩緩往上升起。

劇名是莎士比亞四大悲劇之一——《哈姆雷特》。

哈姆雷特見到父王的亡靈，得知其死亡的真相而陷入瘋狂，開始尋找復仇的機會。

「出場了，她就是天才——」

神田川先生指著一名演員。她身穿華麗的禮服，飾演女主角奧菲莉亞。

我——瞠目結舌。一股寒意竄過背脊，全身都起了雞皮疙瘩。我脫離正常的時間洪流，畫面中的她成了刻劃時間的一切。

神田川先生陶醉地欣賞著她的演技。

我無法順利呼吸，用顫抖的手指指著她問道：

「她……她……她是誰？名字……請告訴我名字……！」

「你到底怎麼了……？」

神田川先生一臉狐疑，但可能是被我的反應嚇到了，他答道：

「柚葉美里。」

我再也無法思考，只能呆呆地望著銀幕上的美里。

她——是不折不扣的天才。相較之下，連千都世學姊都顯得像個凡人。她單是存在就充滿光彩，而且演技十分細膩，一舉一動都能巧妙地編織感情，彷彿用光滑無瑕的絲綢深深包裹觀眾的心。逐漸發狂的演技更是一絕。人世間最深的黑暗就在她的眼裡。

「她現在……在什麼地方？」

我這麼一問，神田川先生就撫著鬍鬚，帶著濕潤的眼眶說道：

「很遺憾……她遇上空難，所以……」

奧菲莉亞在瘋狂之中，與花環一起墜入河裡，暫時如人魚般浮在水面上，哼著祈禱之歌——最後沉入水中。

4

穿過隧道，便是雪國。

放眼望去是一片白茫茫，讓我不禁顫抖。

——不，這裡不是雪國。

眼前的一切真的是純白色。天空和地面，全都是空白——沒有一丁點凹凸的地平線不斷延伸到遠方。我漫無目的地邁出步伐。腳步聲如冬夜般孤獨。距離感與平衡感漸漸麻痺，使我感到暈眩。最後連時間感都錯亂了，導致腦中也化為一片空白……

為了保持理智，我開始聆聽心跳的聲音。

撲通……撲通……撲通……

唯有這個聲音能區隔並驅動世界。

撲通……撲通……撲通……

不知走了多久，我發現前方有一道牆壁。那面牆壁很巨大，同樣是純白色——那幾乎可以稱為「世界的盡頭」。不論往左、往右，還是盡量抬頭往上看，都看不見牆壁的盡頭。

——忽然間，我發現牆上有一個小小的洞。

我想知道世界的盡頭外面有些什麼。

我——往洞裡窺視。

裡面只有黑暗。

撲通……撲通……撲通……

我眨眼，凝神細看。

還是什麼都看不見。

我正打算放棄。

這個時候，突然有一團白色的影子浮現了。

我開口驚叫，卻什麼聲音也沒發出，就像遇到鬼壓床一樣動彈不得。

是木乃伊男——！我戰慄不已。

被繃帶層層包裹的臉，一動也不動地面對著我……

下一個瞬間，木乃伊男突然傾身向前，然後——

「眼睛」在黑暗中睜開……

木乃伊男——流出眼淚。

我看見了他眼裡的更深一層黑暗——

突然間，我驚醒了。

全身都被汗水浸濕。

我環顧自己的房間，發現自己剛才只是在作夢，這才鬆了一口氣。

5

我踏進中野百老匯附近的一間家庭餐廳。

我隨便找了個靠窗的位子坐下，點了兩人份的飲料喝到飽，邊喝咖啡邊等待。

過了一陣子，一個留著黑色長髮的女生來了。

她的膚色很蒼白，大大的眼睛下方帶著深深的黑眼圈。

「……讓你久等了，我是鹿紫雲澪。」她的聲音細小又沙啞。她用手揉揉聲帶並清了一下喉嚨。

「不好意思，我在日常生活中很少出聲說話。」

她裝了一杯桃子汁，在我的對面坐下。她呆呆地望著窗外，始終沒有主動說話。我受不了沉默，於是說起至今的事發經過。我以前認識一位名叫柚葉美里的女生，卻突然聯絡不上她。昨天，我在神田川先生的影片中偶然發現她，所以才會找她當時認識的人談談——以上是我編造的故事。

「柚葉學姊——」鹿紫雲同學用遙望遠方的眼神說道。「真的很厲害。」

兩人是在鹿紫雲同學十五歲，美里十七歲時相遇的。

「我對她的第一印象是一個很可愛的人。可是，看過她的演技、跟她聊天之後，我覺得她是個非常美麗的人。該怎麼說呢……她的生活方式很美麗。人的美就是精神的美。那麼美的人，世界上再也找不到了。」

鹿紫雲同學用陶醉的表情喝了一口果汁，然後又說道：

「我當時剛上高中，由於國中時曾經在全國大賽中奪冠，會加入處女座劇團也是因為被神田川先生挖角，所以很得意地以為自己所向無敵，馬上就能搶到女主角的寶座……可是，看到柚葉學姊的演技，我完全甘拜下風。那已經不是可以用演得好不好來形容的程度。簡直到了……可怕的境界。我只能這麼說。我覺得自己永遠贏不了這個人，我曾經哭過，也恨過，甚至想要放棄演戲……可是，最後我開始崇拜她。非常強烈地崇拜。」

鹿紫雲同學一下子就把杯裡的飲料喝光，再去裝了一杯。

「請問對你來說，柚葉學姊是什麼樣的人？」

「美里很可愛，很溫柔，有點冒失，又充滿神祕感……」

我說到這裡，鹿紫雲同學就用不變的表情說：

「你這麼說，真的有見過她嗎？」

我一瞬間語塞，然後用自己也感到意外的憤怒語調說道：

「有啊。」

「我看應該沒有吧。」

鹿紫雲同學用略帶嘲諷的口氣說道。

「你只是以為自己見過她，本質上卻錯過了她。你根本還沒有『真正遇見她』。而且，你已經永遠無法遇見她了。因為她從天上掉下來，摔死了。就像失去羽衣的天女一樣——」

鹿紫雲同學說自己有保留當時的新聞剪報，答應讓我去她的家拜訪。

一路上，我始終心神不寧。我還沒有「真正遇見她」——這句話對我造成了難以置信的深刻影響。

鹿紫雲同學的家位在徒步到得了的距離。說穿了，就是一棟豪宅。幾何風設計的兩層樓建築周圍有修剪整齊的樹籬，以及景觀照明。站在玄關前，門鎖就會自動開啟。燈也自動亮了起來。

客廳裡有座很大的龍魚水槽。飼料的餵食應該也是自動化。我們從打通的螺旋階梯走上二樓。鹿紫雲同學一打開房間的門，史提夫．萊許的《十八位音樂家的音樂》便傳了出來。

「我二十四小時都播著音樂。」

雖然我感覺到某種異樣的氛圍，卻還是踏進了她的房間——

房間裡的空氣很悶。牆壁上貼著許多照片。我的目光停留在近處的一張照片上。那是美里與鹿紫雲同學在迪士尼樂園比出勝利手勢的照片。我的心裡湧現有點溫馨，又非常哀傷的情緒。

鹿紫雲同學從書架上取出一本厚厚的相簿。然後她打開最後一頁，對我招手。我戰戰兢兢地窺探相簿。

相簿上貼著墜機事故的新聞剪報。報導上顯示，三年前從東京飛往福岡的客機墜毀在岐阜縣的山中。原因是引擎故障，也有報導提到航空公司與維修業者被告上了法院。事故中沒有任何人倖存。死者名單列出了「柚葉美里」的名字。

「柚葉學姊離開人世的時候，我曾經——打算去死。」

我嚇了一跳，轉頭望向鹿紫雲同學。她將相簿往前翻，上面貼著許多美里的照片。纖細的指尖撫著美里的臉頰。

「學姊是在滿二十歲那年的春天過世的。後來的我失去了活下去的動力，持續到精神科就診，直到不久前都把自己關在這個房間裡。」

我有種不好的預感。我從旁伸出手，把相簿再往前翻一頁。不出所料，上面貼著美里的照片。前一頁也是，前前一頁也是……

我猛然抬起頭，背脊開始發涼。裝飾在房間裡的其他照片也全都是美里。冷汗從我的額頭滲出。相簿的第一頁應該是剛認識時的照片，照片裡的鹿紫雲同學跟美里肩並著肩，臉上浮現生硬的笑容。

「是啊，你猜對了——」鹿紫雲同學露出帶著微微寒意的笑容。「我愛柚葉學姊。」

我不禁往後退。我雖然張開嘴巴，卻說不出話來。

「有什麼奇怪的嗎？」鹿紫雲同學面不改色地說道。

「太奇怪了。」我終於說出口。「像這樣把別人的照片……」

「別人？」鹿紫雲同學說道。別、人——她的口氣就好像這兩個字是非常難以處理的異物似的。「這裡的照片不是別人的照片，全部都是我的照片。」

我搖搖頭。「妳在說什麼……？」

「自己和他人之間根本沒有本質上的差異。我就是你，你就是我。不管是小嬰兒、老人、聖人君子還是殺人魔……大家的靈魂深處都是同樣的顏色。因為所有人都幼稚得不明白這一點，這個世界才會紛爭不斷。」

鹿紫雲同學觸碰房間深處的樂高積木。那是一個模擬舞臺的精巧作品，擷取了奧菲莉亞墜入河中的一幕。觀眾席只有一名觀眾。

「一直待在陰暗的房間裡，就能看清自己的靈魂。我想了解真正的自己，所以卸除了多餘的零件。就像把洋蔥的皮一層一層剝掉，一點一滴地……」

鹿紫雲同學開始拆掉一個一個樂高積木。觀眾席消失，布幕消失，舞臺布景也消失了。我被她的氣勢震懾住，只能定睛望著這一切。

最後，只剩下奧菲莉亞與觀眾。

「幾乎所有的東西都跟靈魂無關。下地獄的人全都是裸體對吧？就是這麼回事——然後到了最後一刻，這邊會消失。」

我感到毛骨悚然。鹿紫雲同學將觀眾捨棄。

「對自己的靈魂來說，自己也是他人。我們認為是自己的東西，其實不是自己。自己只是把感情投射到自己身上而已。所以對我來說，柚葉學姊比我自己還要接近自己。正因為學姊能夠完美地理解這一點，所以她才是天才——」

「妳——」我用沙啞的聲音說道：「妳瘋了。」

「如果你有『真正遇見』柚葉學姊——你應該也能明白。」

我逃走了。我奔下螺旋階梯，經過龍魚水槽旁邊，從玄關跑出去。

門在我的背後自動上鎖。

6

我將房間的燈全部關掉，看了從神田川先生那裡借來的哈姆雷特影片。

明明是第二次觀賞，我卻比先前更入迷，真是不可思議。我馬上重看了第三次，還是一點也不膩。每次觀賞都會為我帶來新的啟發。不斷重複體會這種啟發，或許就能達到鹿紫雲同學的境界了。

我還沒有「真正遇見她」——

這句話反覆浮現在我的腦海。我覺得自己看愈多次，好像就會離美里愈遠。我把手指放在播放鍵第四次的時候，才想到自己必須向美里道歉。

我呼喚三郎，牠便從貓跳臺上跳下來，坐到我的腿上。

我窺視牠的眼睛——

美里一臉悲傷地垂下眼睛。我的心感到一陣刺痛。她的瘦小背影都已經背負著名為死亡的殘酷命運，我卻還對她扔石頭。

「……對不起，美里。」我努力擠出聲音說道。「我一時激動，就把氣出在妳身上了。妳明明是最難過的人，我卻沒有想到要體貼妳的感受。我這麼幼稚，真的很對不起……」

聽完，美里搖搖頭。

「不，我才要說對不起。關於黑山學長的事，我什麼都不能告訴你。因為隨意預知未來的話，就會打亂時間軸，反而讓事情一發不可收拾……」

「嗯，到頭來，我根本什麼都不懂……我今天去見了鹿紫雲同學一面。」

美里睜大眼睛。

「……小湊過得好嗎？」

「大致上還不錯。美里，我聽說妳是很厲害的演員。我看了《哈姆雷特》的影片，覺得很震撼。就是因為這樣，妳才教得這麼好吧。」

美里不發一語。

「……我也看到空難的報導了。上面寫說沒有任何生還者。就算不搭上那班飛機，妳也無法得救嗎？」

美里低下頭，觸碰左耳的耳環。

「……嗯，我只會死於別的狀況。」

我握緊拳頭，咬住下唇——我好不甘心。可是，我無能為力。

「這就是命運吧——我知道了。我會努力接受這件事。雖然我還不夠成熟，但今後也請妳多多指教。」

美里熱淚盈眶，露出笑容。

「謝謝你，我也要請你多多指教！」

我也努力擠出笑容。

這個瞬間——我有一種強烈的異樣感。

沒有任何生還者——

我想起從美里的眼睛裡看到的景象。

黑暗的月亮與火焰，以及俯視美里的某個人……

明明沒有任何生還者，究竟有誰能夠俯視她——？

一股寒意漸漸爬上我的背部。

我維持臉上的笑容，同時開始思考。

飛機墜落的地點是岐阜縣的山中，而且那時是夜晚。大多數的乘客肯定都是當場死亡，不太可能有搜救者或目擊者在她斷氣之前趕到現場——

看著美里的笑容，我感到悲傷。都到了這一刻，我還在懷疑她。這一點讓我非常難受。

但是，我非確認不可。所幸，現在美里的眼眶裡有淚水。

我窺視美里的眼睛——

我經過跟先前相同的風暴與混亂，最後落入了那一晚。

焦臭味竄進鼻腔。冰冷的雨水撫過臉頰。然後是——黑暗的月亮。在模糊的視野中，邊緣有一圈烈焰的黑暗月亮稱霸了天空。生命從腹部逐漸流逝。我拚了命維繫快要中斷的記憶。

有人正在俯視著這裡……

你是誰？讓我看看那張臉——！

搖曳的火焰照亮了對方的臉頰。輪廓看起來似曾相識。

美里的事故現場有我認識的人嗎——？

不，不對，未免太眼熟了。

這已經超越似曾相識的程度，我對那副臉龐確實很熟悉。

簡直就像是——

那個人往前踏出一步。

火焰照亮他的臉。

我的靈魂發出吶喊。

那個人——就是我。

俯視著美里的人，無疑是我自己。

我被雨淋濕，因震驚與恐懼而睜大眼睛。然後，我彎下腰來，用雙手搖晃美里的肩膀，嘴裡正在喊著某些話。耳朵只聽得見耳鳴般的聲音，聽不見我說的話。目光朝生命正在流逝的腹部移動。上面深深插著一把短劍。鑲在護手上的紅色寶石閃著不祥的光輝……

然後，美里再次死去。

我從美里的眼中回到現實世界。美里的臉上還掛著剛說完「我也要請你多多指教！」的笑容。自從我窺視她的眼睛到現在，時間還過不到一秒。我的全身開始猛烈冒汗。心臟彷彿在鼓膜內側不遠處陣陣跳動。我的臉頰抽搐了一下，但我拚了命壓抑，保持臉上的笑容。在這副面具底下，我努力思考。

美里的死因根本不是空難，是那把短劍。而且，現場有我在。我以前曾經見過美里嗎——？不，那是不可能的。我不記得以前發生過那種事。那樣的過去並不存在。

——既然如此，那只有可能是未來。

沒錯，那是未來發生的事——！我在心裡吶喊。

『**你根本還沒有「真正遇見她」**』——鹿紫雲同學說過的話閃過我的腦海。

她說得對。我們今後才會真正相遇。

因為——美里還活著。

忽然間，昨晚的夢在我的腦海裡復甦。木乃伊男——他的眼睛好像跟美里一樣是榛果色。如果那是「記憶的殘影」呢……？美里在空難中受重傷，雖然全身包滿繃帶，卻奇蹟似的活了下來。那副模樣於是出現在我的夢裡——

美里說了謊。而且，她偽裝自己的死亡。

可是，為什麼要這麼做——？在了解原因之前，我認為最好先不要讓美里發現我已經知道真相的事。我要假裝一無所知，私下偷偷行動。我必須在舞臺上持續扮演美里期待的名偵探角色，並揪出躲在幕後的編劇。

我和美里保持燦爛的笑容，注視著彼此。

汗水沿著我的後頸滑落。

7

從此以後，日常生活就成了我的舞臺。我若無其事地度過每一天。睡覺、起床、練習《三界流轉》、餵三郎吃飯。

美里看得見未來——因此，她能在一定程度上選擇未來。她的未來有「那場死劫」。既然如此，我首先該做的事是妨礙她的選擇。

可是，我真的辦得到嗎？對手可是能看見未來的超能力者耶——？

我想起美里說過的話。

『未來隨時都在變動。有些事一定會發生，也有些事是隨機發生。而且其中包含無限的分歧。我也沒辦法掌握未來的全貌』——

換句話說，近未來的預測能有一定的準確度，較遠的未來就會有爆炸性增長的分歧，使預測變得極度困難。原理恐怕跟「蝴蝶效應」很類似。「一隻蝴蝶在巴西振翅，就有可能在德州引起龍捲風」——初期的微小差異，可能會逐漸發展出驚人的變化。

既然如此，未來的發展也有可能完全在美里的預料之外。

而且，我能透過美里的眼睛看見未來。換句話說，我應該也能在某種程度上選擇未來。再者，美里也曾經這麼說：

『除非有很重大的轉變，否則生死是不可能推翻的』——

反過來說，只要作出「重大的轉變」，不是就能推翻她的死亡了嗎？

所以，我得出這個結論——

只要選擇美里預料之外的未來，就有可能迴避她的死亡。

「過來這邊，三郎——」我一邊撫摸三郎，一邊暗自竊笑。我或許能拯救美里——就算只有一點點希望，我也高興得不得了。

就在這個時候，手機響了。是來自千都世學姊的訊息。

她想跟我談談關於肉身佛槍擊案的事。訊息中也寫到她要行使第二次的約會權，所以我不能拒絕。

不過，現在我想思考拯救美里的方法。我原本打算拒絕，於是打出了「對不起」的「對」字——這個時候，我突然驚覺，現在拒絕她會不會太不自然了？拒絕就表示優先順序比這件事更高的任務出現了，可能會成為被美里察覺的原因之一。而且，假裝被其他女性吸引，應該能讓她更沒有戒心吧——？

就連刪除「對」字都讓我感到害怕，所以我在焦慮之下打出：「對了，要不要去晴空塔？」……為什麼是晴空塔？

我覺得有點懊惱，卻還是裝出若無其事的表情，等待她的回應。

8

我們兩個人都點了拿鐵咖啡，望著窗外。藍天之下，雨滴般的小小車輛在有如袖珍模型的街道中穿梭——結果，我們還是來到東京晴空塔340樓的咖啡廳了。

「肉身佛竟然會射殺別人，真像恐怖小說的劇情。」

「真的，實在令人毛骨悚然。犯人為什麼要打扮成那個樣子呢？」

「應該是想讓別人看見吧？」

千都世學姊這麼說著，臉上浮現迷人的微笑。然後，她用雙手捧起杯子，以不容易讓口紅脫妝的方式輕輕啜飲咖啡。純白針織衫、黑色細肩帶洋裝加上高跟鞋的黑白穿搭正好襯托著紅色的口紅。金色的圓圈耳環在她耳朵上搖晃。我有點緊張地說道：

「追根究柢，犯人為什麼一定要殺黑山學長？動機是什麼？跟天崎學姊有什麼關係？」

「不知道。目前只知道，他們兩個人都曾經得過新冠肺炎。」

「不管怎麼樣，先來整理一下情報吧——」

上午九點半開始連續排演，案發時間是序幕進入高潮前不久的十點十五分。我們聽見鈴聲，黑山學長就在十點十八分遭到槍擊。現場是中目黑的獨棟住宅。這棟房子是學長的叔叔所持有，在暫時轉調外地的期間租給他使用。我說道：

「根據附近居民的證詞，十點十八分的時候，他們好像有聽見疑似槍聲的聲音。」

「咦，那個房間不是隔音室嗎？」

「是隔音室沒錯。本人有說過，因為聲音不會傳出去，所以他就把原本是視聽室的房間用在社團活動上了——不過，隔音室要關上門才能完整發揮作用。因為聲音會從門窗洩漏出去。」

「對喔，因為當時門確實是打開的，所以鄰居能聽到槍聲也不奇怪。」

「說到聲音，為什麼黑山學長那個時候沒有注意到鈴聲？」

「我想應該是因為降噪耳機的關係。之前就有一次是手機在他旁邊響，他卻在社員提醒之後才發現。」

「原來如此，性能好的耳機確實會讓人完全聽不到外界的聲音。」我點點頭。「肉身佛的服裝是戲劇社裡的東西嗎？」

「對。《三界流轉》原先就有基礎，肉身佛的服裝也早就準備好了。面罩是梅子做的。」

「原來是因為有基礎，所以阿望學長才能那麼快就完成故事啊。既然如此，就表示犯人可能是能自由進出戲劇社社辦的人。社辦的鑰匙在哪裡？」

「社辦的鑰匙藏在門附近的天竺葵盆栽裡，每個人都能使用。」

「原來如此——第三，肉身佛是怎麼入侵黑山學長家的？」

「聽說一樓浴室的玻璃窗被打碎了。」

「犯人從那裡入侵，換上肉身佛的服裝，襲擊黑山學長……」

那時的景象閃過我的腦海，讓我毛骨悚然。

「這麼想的話，好像誰都有可能犯案。除了所有人都有不在場證明的戲劇社社員以外……」

「重點就在這裡——」我說。「我總覺得犯人就是為了這個目的才特地選在連續排演的時候犯案的。因為只要這麼做，參加練習的戲劇社社員就不會被懷疑……」

千都世學姊睜大眼睛。

「所以窈一，你的意思是，你覺得犯人是戲劇社社員嗎？」

「我認為這麼假設比較合理。犯人使用某種詭計，裝出正在參加練習的樣子，暗中執行了殺人計畫。」

「那種事真的辦得到嗎——？」

「應該有很多方法能辦到。舉例來說，犯人可以在黑山學長家附近租屋，從那裡參加練習，趁著短暫離席的時間殺人。或是入侵黑山學長家，在一樓的房間參加練習。這種情況下，犯人打扮成肉身佛是為了轉移注意力，不讓別人發現自己正好離席——這是魔術中所謂的誤導手法。」

「好豐富的想像力，真令人佩服——可是，其實當時我有快速掃視所有的畫面，沒有任何人離席。而且，因為會保留上線紀錄，所以如果上線的地點跟平常不一樣，馬上就會被發現——」

千都世學姊用手機確認了上線紀錄。所有人都是用自家的網路進行連線。

「這樣啊……不，還有另一個簡單的方法。那就是先把自己拍攝下來，當作影片播放。」

千都世學姊張大嘴巴，然後稍微笑了出來。

「咦……這真是盲點。還可以這麼做？」

「我們使用的應用程式就有這種功能。我偶爾會用這個方法翹掉需要線上露臉的課堂。從別人的角度來看，根本沒辦法分辨是預錄影片還是即時連線。」

「好厲害——」千都世學姊似乎很佩服。「可是，翹課很不應該耶。」

「不好意思……我們調查看看，那個時候有沒有人做出不自然的舉動吧。不過，這點小事，我想警察應該早就注意到了。」

「那可不一定。總而言之，我們試試看吧。」

千都世學姊這麼說著，微微一笑。

9

欣賞過富士山和隅田川之後，我們離開晴空塔，到車站附近散步。我們暫時放下血腥的話題，一邊閒聊，一邊逛著各式各樣的店。

我們隨意踏進一家帶著復古風格的古董店，到處看看裝飾精美的時鐘、彩繪玻璃製的燈具與藍色眼睛的洋娃娃等商品。

忽然間，千都世學姊停下腳步。她面前是一幅掛在牆上的奇妙繪畫。畫布特寫著一隻放大的左眼，虹膜的範圍全都是飄著白雲的藍天，正中央畫著一個有如黑暗月亮的瞳孔。

我感受到某種詭異的氛圍，於是目不轉睛地盯著這幅畫。

「這是雷內．馬格利特的《虛假的鏡子》。」

千都世學姊這麼說，然後轉頭望向旁邊一幅同樣詭異的繪畫。畫中有一對男女被白色的布完全罩住頭部，隔著布料接吻。

「這也是雷內．馬格利特的作品，叫作《戀人》。」

「看著看著就讓人覺得不安，真是奇怪的畫……」

「很有超現實主義的感覺呢——」我雖然不太了解她說的是什麼主義，但還是點頭回應。她繼續說道：「感覺比現實還要現實。」

「這幅畫比現實還要現實？」

「有時候，虛構比真實還要能夠反映現實。這應該就是戀愛的真理吧。」

千都世學姊語帶哀傷地說道。雖然我很難說是能了解她的話中之意，卻覺得這樣很不解風情而沒有繼續追問。

「啊，連複製畫也要三萬日圓啊……」她看著標價牌說道。

我有點想討她歡心，於是說道：

「如果妳想要的話，我可以在生日的時候送給妳。」

「真的嗎──？」千都世學姊的眼神亮了起來。「我的生日是十一月，你要記得喔。」

然後，她用愉快的步調往前走。我也帶著微笑，轉移目光──

卻頓時不寒而慄。

牆壁上掛著我見過的東西。

一把護手上鑲著紅色寶石的金柄短劍……

這毫無疑問是我在美里的眼裡看到的東西。它就是刺進美里的腹部，奪走她性命的武器……！陣陣心跳聲在我的鼓膜內側逐漸加速。

「你怎麼了？」

這聲呼喚嚇了我一跳。

「啊，沒有啦⋯⋯我只是覺得這個很漂亮。」

「真的耶。刀身和刀柄都有裝飾花紋。反正價格也很合理，要不要用這個來當《三界流轉》的小道具？我記得社辦有一把短劍，但這個更適合。」

我感受到自己的臉色正在發白，所以用假裝思考的姿勢來遮掩臉部。

「使用真正的刀劍不是很危險嗎？」

我這麼一說，千都世學姊就笑了。

「這怎麼可能是真刀嘛。這是複製品，所以不用擔心。」

的確，說明中有標示這是模型刀。我一瞬間感到混亂，但思緒隨即跟了上來。就算是模型刀，也可能依材質而具備殺傷力。實際上，確實有模型刀造成意外死亡的案例。

——糟糕。思考「我認為短劍可能是真刀」的理由時，美里可能會察覺這是「我透過美里的眼睛看見了短劍刺中腹部的未來」並往回推算的結果。我趕緊說道：

「因為做得太精巧了，我還以為是真刀呢。那樣就違反槍刀法了。」

說著，我擺出笑容。

「好，就買這個吧——」

千都世學姊伸出手——我馬上搶在她之前拿走短劍。

「那就由我先付錢，之後再跟社團申請經費就可以了吧？」

我一邊結帳，一邊拚命思考。我必須想辦法銷毀這把短劍。而且，要用非常自然的方法，以免被美里發現……

我還沒有想到好主意，便提著裝有短劍的紙袋走出了古董店。

因為千都世學姊的提議，我們走向隅田川。

就算坐在隅田公園的長椅上閒聊，我還是滿腦子都想著關於短劍的事。不小心當作不可燃垃圾丟掉——我腦中浮現這個想必行不通的蠢點子。

我們接著前往淺草寺，途中經過「言問橋」。

看到三隻白腹琉璃一起停在欄杆上，千都世學姊說道：

「『都鳥可知京城事，思念人兒無恙乎。』」

「那是什麼？」

「在原業平的和歌。因為名字中有『都』，想必對都城很熟悉吧，都鳥啊請告訴我，我心愛的人是否平安無事——這就是言問橋的名稱由來。」

「是喔，妳真了解。」

「小學的時候，有一堂課是要我們調查自己名字的由來，我就是當時知道的。在那之後，我就覺得『都』這個字讓人有點感傷……」

千都世學姊按著隨風搖曳的左耳耳環，這麼說道。就像是被她傳染似的，我也突然覺得十分感傷。我也很想問問鳥兒，美里現在是否平安……

忽然間，白腹琉璃振翅起飛，嚇了一跳的千都世學姊因此失去平衡。我立刻扶住她的身體

——這個瞬間，我想到了好點子。

我假裝成意外，把裝著短劍的紙袋丟進隅田川。

「啊——！」我發出驚覺大事不妙的聲音，從欄杆邊往河面望去。雖然引起微微的漣漪，但紙袋馬上就消失了。

「對不起，都是因為我……」

「不，都怪我太不小心才會弄掉。沒辦法，下次再買新的吧。」

我不禁在口罩下竊笑。

10

回到公寓後，我馬上窺視三郎的眼睛。

美里就跟平常一樣待在房間裡。

「我今天跟千都世學姊見面了。」

「第二次約會？」

我遲疑了一瞬間，然後點頭。

「……這樣呀，我很高興你玩得開心。」

美里露出哀傷的表情，讓我很心痛。

我提起自己跟千都世學姊討論的肉身佛槍擊案相關內容。美里點頭回應。

「雖然是很簡單的手法，但我覺得確實很有可能。我也會看看你們去打聽線索的未來。我想這麼做應該能節省不少時間。」

——然後，我拜託美里陪我一起練習。我們要演的是《三界流轉》序幕的高潮，也就是砂田鐵與雀互相用短劍刺穿對方的腹部，躍入青龍川殉情的一幕。

美里飾演雀，我飾演鐵。美里就跟平常一樣，擔任指導者的角色，雖然演得很好，卻不會放太多感情。我喊了暫停，用認真的表情說道：

「美里，我希望妳可以認真演。我想看妳認真起來的演技。」

只要美里認真演，肯定會流出眼淚。那麼一來，我就能窺視她的眼睛——

她從劇本裡抬起頭，注視著我。雖然表情沒有變，但我總覺得她的眼裡好像有某種脆弱的光芒正在搖曳。

美里點頭說「好吧」。

她吸了一口氣，無助地稍微彎腰，做出用雙手捧著雛鳥的動作，在那雙寶石般的眼睛裡映照出泛白的夜晚之心。

我於是屏息。

所有的聲音彷彿消失了。

美里用雪片顫動般的哀傷聲音說道：

「我們一起死吧。」

這個瞬間，我已經被吞噬了。

「我們來世再相會。」

砂田鐵這麼回應。

兩人沿著青龍川漫步。碎散的月光在發出潺潺流水聲的河面上閃爍。河底的陰暗浪潮讓空虛的腹部發出寒冷的共鳴，兩人因此瑟瑟顫抖。

鐵一落後，雀就會回過頭來，耐心等待。那副模樣彷彿不存在於人世間。美麗的胸像在黑暗中描繪弓身般的柔美弧線，微微浮現在眼前。宛如夢幻中的燈火。看見那柔和、既像水又像幽光的溫柔微笑，鐵陶醉似的停下腳步，低聲說道：

「女人真正可怕的地方……或許就在於溫柔吧。」

鐵落後，雀等待……重複了三次以後，兩人終於停下腳步。鐵與雀緊緊相擁，互相訴說愛意。雀的雪白頸項就像溫暖的沼澤，讓鐵愈陷愈深。

雀從懷裡取出短劍。

然後，深深刺進鐵的腹部。

——我回過神來。

因為美里的演技太過精湛，我完全深陷在戲劇的世界裡，甚至產生腹部真的被刺傷的錯覺。

完全入戲的美里正在流淚。

我想起本來的目的，窺視她的眼睛——

我花費拉長的體感時間，穿越記憶的風暴。

聞著火焰與雨水的氣味，我抵達那個夜晚。

仰望熊熊燃燒的黑暗月亮——

「神啊……」

充滿悲傷的聲音說道。是美里的聲音。情況與上次不同。這次，她站在地上，腹部也沒有被刺傷。

因為我銷毀那把短劍，未來改變了！

美里不會死！

我的靈魂發出歡呼。不過，美里的心染上了一片漆黑。那是黑洞般的絕望。彷彿連黑暗的月亮、火焰，甚至夜晚都能吞噬。

伴隨著呼、呼、呼、呼的急促呼吸聲，視線漸漸往下移動——

我感到錯愕。

我，倒在地面上。

我的腹部插著一把銀柄短劍，溢出暗色的血。臉色很蒼白，嘴唇正在不停地顫抖。我朝美里伸出手，用充滿恐懼的聲音，反覆呼喚：「美里……美里……」眼睛似乎已經看不見了，於是在黑暗中到處轉動。

美里跪坐在地，握住我的手。然後，她崩潰大哭。

「失敗了……！失敗了……！失敗了……！」她多次喊著同樣的話。感覺就像某種類似五重塔的精密建築崩塌，將後頸壓扁一樣，悲痛得嚇人。「我是為了什麼……！到底是為了什麼才……！」

我在眼前死去。

美里的心與靈魂被狠狠摧毀，只剩下發狂般的吶喊。

然後——槍聲響起。

一回到現實，心跳便瞬間加速。全身都爆出汗水，嚴重的暈眩讓我一時差點失去意識。不過，我強忍不適感，勉強振作起來。幸好這樣的動作對一個被刺傷的人來說，並不會顯得不自然。美里也完全沒有起疑，繼續演戲。

砂田鐵從自己的腹部拔出短劍，然後刺向雀的腹部。

美里因痛苦而扭曲表情。因為她的演技太逼真，我不禁哭了出來。我陷在亂七八糟的情緒中，拚命思考。為什麼未來的我會死？而且美里的那份絕望是源自於什麼？到底是什麼失敗了？除此之外，那個槍聲是……？

為了確認，我再度窺視美里的眼睛——

熊熊燃燒的黑暗月亮——

沿著臉頰滑落的雨水——

從腹部流失的生命——

——咦？

我再次被打入混亂的漩渦中。

死的人不是我——

又變成美里了。

然後，槍聲響起——

11

夢中的我再次來到那個夜晚。

我在眼前死去，美里發出瘋狂的吶喊——

我於是驚醒。全身都沾滿了汗水。

我一邊淋浴，一邊思考。當我以為自己會死的時候，馬上就回到美里會死的未來了。這究竟意味著什麼——？

美里說過的話在我的腦海中復甦。

『未來隨時都在變動』——

我建立了一套假說。

如果這套假說是正確的，我就完全不能信任美里了。

我必須驗證這套假說。由於我銷毀殺害美里的短劍，未來暫時改變了。我要再做一次同樣的事。找出在眼裡看見的銀色短劍，把它處理掉……我記得千都世學姊在古董店說過「社辦還有另一把短劍」。那把短劍很有可能就是銀色的。

我停止淋浴，快步走出浴室。

12

戲劇社社辦前的窗邊開著黃色的天竺葵。

我開始摸索盆栽——卻沒有找到鑰匙。我歪起頭。

這時，我感覺到門內有動靜。我轉動門把，發現門沒有上鎖。

我感到恐懼，用潮濕的手慢慢打開門——

有人在右手邊深處的道具櫃翻找物品。對方背對這裡……不過，看得出是男性。他在做什麼

——？我探出身子時不小心碰到門，使鉸鏈發出嘰的聲音。我驚覺不妙。男人回過頭來。

——是阿望學長。

我才剛鬆一口氣，卻一看到他手裡的東西就膽戰心驚。那是在眼裡景象中刺穿我和美里的銀色短劍。阿望學長用低沉的聲音說道：

「嚇我一跳。社團難得放假，你怎麼會來社辦？」

我用乾渴的喉嚨嚥下口水。

「……我想來練習發聲。因為在公寓沒辦法發出太大的聲音。」

「原來如此——」阿望學長點頭。「你終於也變成戲蟲了。」

「戲蟲——？」法蘭茲・卡夫卡的《變形記》閃過我的腦海。

「嗜戲如命的蟲。」

我恍然大悟地點點頭。原來是一種譬喻啊。

「學長，你在做什麼？」

「我在找有沒有能用在《三界流轉》的道具。新冠肺炎又開始流行，不知道神田川先生什麼時候會收手，所以我們得作好自食其力的心理準備。」

「我不覺得那麼有熱誠的人會收手。」

「大人是有很多苦衷的。有時候也得含淚放棄畢生的志業。不過，有一句話是這麼說的——『別為了一次失敗，就放棄了你的堅決的主意。』」

「莎士比亞？」

「莎士比亞——」阿望學長揚起嘴角一笑。這個笑容非常帥氣。T恤是《古利和古拉》這一點也很棒。「過來幫我一下吧，」

我戰戰兢兢地靠近，直到阿望學長只要有心就能一口氣刺殺我的距離。

「你覺得這把短劍怎麼樣……剛好適合拿來殺人吧？」

我不寒而慄——隨後，阿望學長把短劍丟給我，說「拿來殺死雀」。這個倒裝句糟透了。我鬆了一口氣，拔出短劍檢視。刀鋒有確實磨鈍。

「我不喜歡。」

我把短劍收回刀鞘裡，丟還給阿望學長。他一臉疑惑，但還是聳肩表示算了。

我們兩個人開始一起翻找道具。我一直在尋找銷毀短劍的機會。不過即使如此，挖掘戲劇社代代累積的成果，還是有種懷舊的感覺。我找到暗黑舞踏的照片，忍不住笑了出來，阿望學長就用極度認真的表情說「這可是藝術」。

「阿望學長，你當初為什麼會想要演戲？果然是因為爺爺的影響嗎？」

做到有點厭煩的時候，我這麼發問。阿望學長一邊翻找一個大紙箱，一邊說道：

「這個嘛……我也不記得是什麼時候開始的了。你讀過《風姿花傳》嗎？」

「那是什麼？」

「世阿彌寫的能劇理論書。現在回想起來，我的爺爺就是根據那本書的原則來養育我的。我從七歲左右開始學藝，他沒有教我分辨好壞，只是讓孩子隨心所欲地嘗試……我自然而然地喜歡上戲劇——開始抱有憧憬。」

阿望學長停下手邊的工作，用遙望遠方的眼神繼續說道：

「我爺爺愛上了我奶奶——愛上了她的演技。自從我奶奶突然去世，他就再也沒有站上舞臺了。他常說『臺上十分鐘，臺下十年功』。人生也一樣，真正有意義的時間很短暫，錯過那一刻就再也沒有機會挽回了。爺爺他知道，那一刻已經跟奶奶一起消逝。」

我停下手邊的工作。這番話打動了我。

『錯過那一刻就再也沒有機會挽回了』……

「另一方面，當時還小的我完全不明白這一點，經常跑到爺爺領導的劇團，在練習室調皮地到處跑。雖然不是《吉祥天女》那麼嚴肅的舞臺劇，但我當時真的——很開心。我被舞臺劇的魅力深深吸引，徹底臣服於演戲的樂趣。真的很開心，真的——」

阿望學長這麼說著，露出微笑。我也回以微笑，重新開始做事。

「紙透——你相信『命運』嗎？」

我驚訝地回過頭。阿望學長用筆直的眼神望著我。

「我就相信。九歲第一次站上舞臺時，我實際感受到了。我知道這是我該走的路。就像身體與影子不可能分離，我也離不開戲劇。這不是想法或發現，只是一種領悟。」

我回望著他。他的眼神雖然像殉教者，但絕非盲信者。就跟美里一樣，那是了解自身命運之人的眼神。

「我也相信命運。」

阿望學長點頭回應我。

「紙透，你也是我命運的一部分。我看得出來，所以才會選你當主角。」

我們陷入漫長的沉默。

——這個時候，出入口的另一頭突然有某人的動靜傳來。對方沒有打開門，發出窸窸窣窣的聲音。阿望學長露出憤怒的眼神，壓低音量說道：

「是犯人！我要抓住那傢伙！」

然後他抓起銀色短劍，一個箭步衝過去，打開門大叫：

「你在那裡做什麼！」

男人的粗野慘叫傳過來，腳步聲往遠處逃走。阿望學長追了上去。

門上貼著一張寫著毛筆字的紙。

「又有一名罪人被處刑了」——

到底發生了什麼事——？

我仍然一頭霧水，但還是跑了出去。

13

我衝過走廊，奔下階梯。阿望學長的背影在走廊上轉彎。我追了上去。

一個肥胖的男人正拚了命想打開盡頭的門。可惜那扇門上鎖了。男人重新面對我們，似乎是被逼急了，於是大叫著朝我們衝了過來。

「哼唔——！」阿望學長竟然像一決勝負的相撲力士一樣，接住了對手。雙臂和小腿的肌肉如雕刻般隆起。我目瞪口呆地站在一旁。

男人發出像野豬一般的粗重呼吸聲，用臉猛頂《古利和古拉》，然後又馬上從領口處將T恤撕裂。可憐的《古利和古拉》再次被拆散。「啊啊啊啊啊啊啊！」阿望學長用扭曲的表情大叫，露出了胸毛。不過阿望學長也不甘示弱地將男人的T恤撕成兩半。「啊啊啊啊啊啊！」男人大叫。雖然不太懂，兩人卻戰得平分秋色。他們倒到地上。銀色短劍滑到我的腳邊。兩個半裸男子扭打成一團，爭得滿頭大汗。男人試圖爬起來，卻被阿望學長從背後勒住脖子。他奮力掙扎，臉變得像水煮章魚一樣通紅，開始出現紫色的漸層。

——終於，男人拍打阿望學長的手臂。他投降了。

最後我拔出短劍，指著男人的喉嚨，稍微裝出有貢獻的樣子。

——然後，當男人冷靜下來，我們開始質問他。

阿望學長所說的「犯人」，指的好像是「亂貼紙的犯人」。持續張貼寫著「惡魔集會」、「神正在看著你們」等奇怪紙張的凶手，就是這個男人！

「你到底為什麼要做這種事……？」

阿望學長用複雜的表情俯視著男人說道。這個男人年齡不明，但看起來或許有我們的兩倍。質問年長者的感覺讓人有點過意不去。但是，男人用說教的語調罵道：

「都是你們的錯，一群蠢蛋！我身為社會的一員，只不過是伸張正義罷了！竟敢對我使用暴力！我認識律師，你們給我走著瞧！」

他歪起嘴巴的表情就像鬥牛犬一樣。看來他是真的很氣憤。我跟阿望學長面面相覷。

將男人一番支離破碎的發言統整起來，大意如下：茨城縣當地知名企業的富二代感染了新冠肺炎。居住在附近的這個男人因此感到憤憤不平。知名企業必須負起社會責任，遭到感染就代表缺乏責任感。他每晚都會在富二代的住宅玄關張貼抗議傳單，康復的富二代卻若無其事地回到了校園。認為富二代實在是厚顏無恥的男人追著他，搭上常磐線特急常陸號前往東京，在視察大學校園的時候，發現他竟然是戲劇社的一員！在這種時代參加戲劇社簡直是豈有此理，讓人笑掉大牙，不恰當到了極點！於是男人決定堅決履行社會正義，雖然要自掏腰包，卻不厭其煩地前往東京，持續張貼抗議傳單。

「……這種事竟然發生在令和時代，我簡直傻眼到說不出話來了。給我滾回昭和時代，你這個蠢蛋！」

「阿望學長，這麼說會惹毛所有昭和時代出生的人，你先冷靜冷靜……」

「蠢蛋？你罵我蠢蛋？誰才是蠢蛋啊你這個白痴！疫情擴散就會導致世界毀滅耶！可是你們竟然還在繼續玩這種沒有用的兒戲！」

「兒戲……」

連阿望學長都啞口無言了。

「白痴！」男人指著阿望學長說道。

「白痴！」男人指著我說道。

「這個世界上的人都是白痴！我只是在教白痴什麼是正義而已！」
「你這種行為只是自我滿足。」我難忍憤怒地說道。
「你們的行為才是自我滿足！像個笨蛋在舞臺上又跑又跳的感覺很開心嗎？你們也差不多該脫離玩遊戲的年紀了吧？這個社會根本不需要你們，有兩個人死掉就是所謂的天譴！」
「你——」阿望學長的臉脹得通紅。「你懂什麼——！」
糟糕——！我趕忙架住阿望學長。他的力氣太大，讓我失去平衡。男人趁機大叫著衝過來，把我們雙雙撞倒在地。
男人撿起短劍，用刀刃交互指著我和阿望學長，然後一個轉身拔腿就跑。我已經沒有力氣再追上去。比起憤怒，失望的感情更強烈。看到像他那種什麼重要的事物都沒有學會就長大的人，我就會有這種感覺。雖然意外銷毀那把短劍也算是好事一樁。
面對阿望學長的憔悴背影，我說道：
「請別放在心上。那種人只是因為自卑感和沒來由的恐懼感作祟，才會變得特別有攻擊性。他們沒辦法分辨現實和幻想，只會以正義之名將自己的攻擊合理化，藉此滿足慾望，所以他們不會發現自己有多麼野蠻……阿望學長？」
阿望學長顫抖著肩膀哭泣。我不知道該說些什麼。
「我……我……」阿望學長流出一滴一滴眼淚，說道：「我只是喜歡演戲而已。我真的很喜歡演戲。戲劇是我的唯一啊……！」

如此純粹的情感震撼了我。我的雙眼也慢慢滲出淚水。看著掉在地上的《古利和古拉》T恤，我思考著。正如身體與影子永不分離，阿望學長與戲劇也應該永不分離。這一定就是他誕生的意義。

「阿望學長——」我撿起T恤說道：「『別為了一次失敗，就放棄了你堅決的主意。』不管別人說了什麼，我們都沒必要放棄戲劇。《古利和古拉》也一樣，就算看起來像是被拆散了——」

我攤開變成一塊布的T恤，《古利和古拉》仍在同一片天空之下。雖然現在離得有點遠，但總有一天會再相見。聞言，阿望學長流出吉卜力動畫般的大顆淚珠，呼喊「紙透——！」並用力抱住了我。

於是我只好用擁抱回應他和他的胸毛。

14

「所以，我正在努力調查的期間，你都忙著溫柔地擁抱阿望學長呀。」

「請不要說得那麼肉麻。」

我正趕著回家，同時打電話給千都世學姊。我得盡早確認銷毀短劍所造成的影響，但也要同時調查槍擊案。我有點喘不過氣地說道：

「天崎學姊在那空白的兩週感染了新冠肺炎。黑山學長也在同一段時間內確診……這是被害人之間唯一的共通點。然後，這次我們發現戲劇社內有第三名確診者。」

「新冠肺炎一定是破案的線索……我知道了，我來調查那個富二代是誰。雖然我心裡大概已經有個底了。」

「拜託學姊了——」我掛掉電話，踏進公寓。

太心急會顯得不自然，所以我先洗手並漱口後，才把三郎叫過來。

然後，我窺視牠的眼睛——

美里就在眼前。我難掩興奮，一開口便說道：

「調查有進展了。我們剛才抓到亂貼標語的犯人——」

美里點頭聆聽，我盯著她的雙眼。我很想立刻窺視她的眼睛。

「原來新冠肺炎就是被害人之間的隱藏連結……能順利找到線索真是太好了。我也追逐未來的分歧，確認過口頭打聽的成果了。」

「妳是說案發當時，可以證明自己不是預錄影片的人嗎？」

「沒錯。成果是——」美里猶豫了一下，然後才說道：「完全沒有意義。所有人不是有跟別人對話，就是有家人出現在身邊，可以證明他們都不是預錄影片。」

「妳說什麼——？」出乎意料的答案讓我愣住了。「照這樣說起來，所有的社員都不可能犯案嗎？」

「看起來是這樣。」

「我開始頭痛了——」我搔起自己的頭髮。「我需要一點時間思考。」

我必須思考。

思考怎麼做才能讓美里再次流淚。

再邀請她陪我練習《三界流轉》就太刻意了，可能會導致美里起疑。我需要想想別的方法。

我自己流淚的話，美里一定也會感同身受地流淚——我心想。不是演戲，而是打從心底哭泣……我必須赤裸裸地展現我自己。

我一邊思考一邊對話，先製造自然的脈絡，然後說道：

「美里，我想請妳聽我說一件事……一件我從來沒跟別人說過的事。」

於是，我說起自己開始撰寫「來自死者的信」的理由。

「事情發生在我八歲那年的六月。那天學校補假，所以我漫無目的地上街探險。雖然天上下著雨，但我無所謂。我以前是個很有朝氣的孩子——我無意間發現，有一個不同小學的女生從我眼前走了過去。她好像正走在放學的路上，揹著紅色的書包，穿著黃色的雨衣，還撐著紅色的傘。這時，掛在書包上的鑰匙圈掉下來了。我趕緊追了上去——」

我的手開始顫抖，眼角泛起淚水。反覆出現在我惡夢中的景象……對我來說，那是會永遠產生詛咒的黑暗洞穴。一旦探頭窺視，就無法全身而退。

「你不用勉強自己……」美里一臉擔心地說道。

「不，我希望妳繼續聽下去……我叫住了那個女生，把鑰匙圈還給她的時候，突然有一輛小客車用很快的速度從旁邊撞過來。車上的駕駛猝死了。那個女生被撞飛，車子還把民宅的圍牆撞得亂七八糟。我平安無事。因為那個女生及時把我推開。我勉強站起來跑過去，但那個女生已經奄奄一息了。我什麼忙也幫不上。只不過，我想至少也要救回即將失去的記憶，所以就窺視了她的眼睛。結果──我看見了自己的臉。明明見到小客車衝過來，我卻什麼都做不到，只擺出一副嚇得動彈不得的懦弱表情……我立刻切斷眼睛的連結。強烈的羞恥感和看見車子逼近的恐懼感讓我難以忍受。趕到現場的大人把我推開，開始進行心臟按壓。我什麼都做不了，只能呆呆地站在旁邊……然後，當天晚上，『記憶的殘影』出現在我的夢裡。我體驗了那個女生的人生。她有非常要好的朋友。被留下來的朋友現在一定很難過。我出於罪惡感，為了那個朋友，第一次寫了『來自死者的信』。從此以後，我就一直維持這個習慣。為了能好好拯救對方，我會讀各式各樣的書，練習寫文章……一切的起因就是想為當時什麼都做不到的自己贖罪……」

我哭了，哭得就像變回一個八歲的孩子。美里也為我流下眼淚。她的溫柔滲進我的心裡──用這種方式逼她哭的行為讓我感到抱歉，所以我哭得更厲害了。

但是，我仍然窺視了美里的眼睛──

我穿過感官的暴風雨，降落在熊熊燃燒的黑暗月夜。

腹部被刺傷的我倒在眼前。

刺傷我的東西是一把銅柄短劍。

「美里……美里……美里……」

「我是為了什麼……！到底是為了什麼才……！」

然後，我死了。

——槍聲響起。

我面不改色地思考著。未來果然會變動！因為凶器消失，未來改變了。而且，如果我的假說是正確的——

美里用溫柔的聲音說道：

「……你一直都很難受吧。不過，我覺得你已經可以得到原諒了。」

「那孩子會原諒我嗎？」

美里搖搖頭。

「死者沒有所謂的憎恨或原諒。阿窈，你必須原諒你自己。」

這句話意外地撼動了我的心。美里總是能說出我需要的話語。

「……妳說得對。總有一天，我必須原諒我自己……」

我再次窺視美里的眼睛——

——果然沒錯。

死者不是我，又變回美里了。

15

結束與美里的對話以後，我立刻脫掉衣服，衝進浴室。

我用冷水淋浴。雖然美里能看見未來，但按照她的性格，我想她應該不會偷窺別人洗澡。當頭腦變得清晰，我開始思考。

我的假說果然是正確的。我和美里的其中之一注定要死。命運就是如此！「**除非有很重大的轉變，否則生死是不可能推翻的**」——所謂「重大的轉變」，會不會是指別人代為喪命？

事情恐怕是這樣的：美里與我陷入了「其中一人會死的未來」。機率可能是一半一半，會因為凶器消失之類的細微差異而變化。但是，因為能看見未來的美里選擇「自己會死的未來」，所以路線會立刻朝那個方向修正——這麼思考就說得通了。美里一定是對將我捲入這起槍擊案的事感到自責，所以才會那麼做……

可是我知道得愈多，美里就顯得愈神祕。她為何要假裝自己已經在空難中死去？而且，她為何要隱瞞這件事？

再怎麼想都一頭霧水。但是，我果然還是喜歡這樣的美里。我希望她繼續活下去，也希望她快樂。

在車禍中拯救我的女生閃過我的腦海……

自從那天起，我一直很後悔。雖然她救了我，但反過來說，這就表示我也有機會拯救她。可是，我卻動彈不得。不知道有幾次，我都認為當時應該死去的人是我。我再也不想體會同樣的感覺了。

誰該活，誰該死，這才是問題。

如果我和美里的其中一人要死，我會選擇死亡——

……我死得了嗎？我閉上眼睛，回想在天崎學姊和美里的眼裡體驗到的「死亡感受」。那種感覺冰冷得可怕，甚至連冷水澡都顯得有點溫暖……感覺就像有一根冰柱從頭頂貫穿到尾椎一樣。我顫抖不已。可是，我更不願意讓這種可怕的東西傷害美里。

不過，我要怎麼做才能騙過看得見未來的美里？

為了掌握優勢，能不能從美里的眼睛讀取過去呢？

——不，這樣行不通。窺視眼睛之中的眼睛，並不是那麼容易控制的事。而且，因為「死亡的記憶」太強烈了，所以我無論如何都會被拉往那個方向。

最確實的方法是找出美里。我要把她找出來，限制她的自由，直到我死去為止。那樣一來，美里再怎麼厲害也無能為力。

我停止淋浴。

16

我換了衣服，將頭髮吹乾，然後窺視三郎的眼睛——

美里就跟平常一樣，以美麗的姿態出現在眼前。

「你怎麼了？表情這麼鬱悶。」

「我覺得——」我用無力的聲音說道。「好累。人的情感、過去、未來，全部都讓我覺得好累……」

美里用擔心得快要哭出來的表情點頭。

「我非常能體會。你可以從他人的眼睛讀取過去，我想一定更難受。能夠比他人得知更多，想必是一件既幸福又不幸的事吧。我覺得在這方面，大家都是一樣的。就是因為能思考未來，才會對往後感到不安，或是想到可能發生的未來而難過。就是因為能思考過去，才會覺得當下很痛苦，或是想到沒能獲得的過去而後悔。這都是理所當然的。畢竟在無限的時間軸之中，現在的自己絕對不可能是最幸福的……」

我開始想像沒有遇見美里的時間軸。那個時間軸的我或許不用煩惱自己的生死，或許也沒有槍擊案。搞不好也沒有新冠肺炎正在流行。那樣的世界對大多數人來說，肯定比較好。對我來說，肯定也比較好。但光是無法遇見美里這件事，就讓我難過得不得了。

「……美里，妳以後會死於空難吧？妳很久以前就知道這件事了吧？我想那樣一定非常痛苦。我絕對沒辦法忍受。」

「沒有那回事，任何人都可以忍受，因為每個人都遲早會死——」美里露出柔和的微笑，就像這個世界上沒有任何一件事令她害怕。「最重要的是別被未來或過去困住，因此迷失當下，要深深吸氣，好好吐氣，而且，仔細聆聽內心深處的聲音，只有我們會否定生命，生命是不會否定生命的。」

我發出感動的嘆息。她一定是體會過各種酸甜苦辣，才能說出如此有說服力的話吧——我走到陽臺上。然後，我朝清澈的藍天舉起三郎。外頭吹著舒適的風，讓三郎愉快地搖起尾巴。

「你在做什麼？」

「感受當下。」

美里輕聲笑了。「很好，這樣就對了。」

「妳那邊是晴天嗎？」

美里抱起三郎，打開窗簾和落地窗，走到室外。美里跟我一樣，把三郎舉高，然後說道：

「我這邊也是晴天，感覺很舒適。」

我強烈地感受到，我和美里就跟《古利和古拉》一樣，身處在同一片天空下。

「美里——」我誠心誠意地說道：「能夠遇見妳，我真的很高興。」

「阿窈，我也很高興能遇見你。」

我們暫時注視著彼此——然後我切斷連結。

我竟然能維持一貫的表情，連我都佩服我自己。一如我的計畫，我成功得知從美里的房間窗戶望出去的景色。而且令人驚訝的是，景色中包含晴空塔和隅田川！只要我有心，隨時都能查出她的所在地。問題在於怎麼不讓美里察覺……

這個時候，千都世學姊傳了訊息給我。

『茨城縣的富二代果然是院瀨見！我們現在過去找他吧，地點在——』

我睜大眼睛。地點在墨田區——剛好位於晴空塔和隅田川附近。

簡直就像是命中注定——我這麼想。

17

我們仰望這棟一看就是高級大廈的建築。周圍有漂亮的樹籬，景觀也很好。一回頭就能看見隅田川與晴空塔。美里的住家應該就在這附近沒錯。

「這棟建築雖然氣派，但我不喜歡！我覺得人就應該腳踏實地地生活！」

阿望學長抬頭挺胸地站著，自顧自地這麼說。我小聲向千都世學姊問道：

「——所以，為什麼阿望學長會來？」

「因為只有社長握有社員的資訊……」

唉，我可以想像他為什麼會擅自跟過來……

「喂～我們快進去吧！」

阿望學長在大廈入口對我們揮手。我們嘆了一口氣，跟上他的腳步。

——然後按下十四樓的住家門鈴。

『……你好。』陰鬱的聲音從對講機裡傳出。

「是我！阿望！」

『我可以透過監視器看到你……你怎麼會突然跑來？』

「我有些話想跟你說，能讓我進去嗎？」

『…………』

阿望學長強勢到讓人覺得院瀨見學長有點可憐。過了不久，門鎖便應聲開啟，一張臉從門縫中探了出來。我嚇了一跳，因為他的氣色實在太差了。不只是膚色蒼白，眼睛下面還有深深的黑眼圈。

「我家很亂……」

他只說了這句話，便退回屋內。我們面面相覷，然後跟著他進門。

屋裡真的很亂。寬敞的房間到處都有垃圾堆積如山，就像觀光勝地一樣。那裡有艾爾斯岩，這裡有馬特洪峰。我有種強烈的既視感。我的房間在隔離期間也滿髒的，或許是這個原因，阿望學長打了個噴嚏。不知道是因為灰塵太多，還是冷氣太強了。

我把占據白色皮革沙發的垃圾袋丟到旁邊，在沙發上坐下。坐起來的感覺很舒適，用來放垃圾實在太浪費了。院瀨見學長在對面坐下，用毛毯包裹自己。他好像正在微微顫抖。

「你會冷就把冷氣關掉啊……」

千都世學姊這麼說。院瀨見學長沒有回應。

一直開著的電視正在播放《光之美少女》。阿望學長問道：

「你一直窩在家裡看小女生看的動畫嗎？」

「沒有啦……那只是一種背景音樂。《光之美少女》最能讓我放鬆……」

阿望學長歪起頭來。我點頭說道：

「我滿能理解的。孤單的時間太長的話，這種東西最能療癒人心。」

我努力發表意見，卻沒得到任何回應，讓我有點沮喪。

「我在隔離期間會播《海螺小姐》之類的作品。」

我姑且這麼說，但大家果然還是沒有反應。千都世學姊切入正題。

「院瀨見，你有得過新冠肺炎吧？其實天崎同學和黑山學長也是——」

說到這裡，她停了下來。因為院瀨見學長開始低聲啜泣。

「嗚嗚……嗚……會被殺掉……下一個……下一個……就是我……！」

我們面面相覷。

根據他的說法，事情似乎是這樣的：

天崎華鈴與院瀨見港人原本正在交往。不過，女方似乎有好幾個對象。院瀨見學長雖然有察覺這一點，卻沒有選擇跟她分手。理由是太愛她了。然後，因為新冠肺炎的關係，院瀨見學長得知其中一個對象是黑山學長。

「發現這件事的時候，我很想……殺了他們兩個人……」

「什麼？院瀨見你就是犯人嗎！」

「不、不是的，我的意思是我能理解犯人的心情！」

「你想說的是——」我說。「犯人是天崎學姊交往的其中一個男友，光是殺了她還不滿足，也想殺死她的劈腿對象嗎？」

院瀨見學長啜泣著點頭。我嘆了一口氣，陷進沙發裡。

「受不了……」阿望學長說。「你們有時間搞這些有的沒的，還不如專心演戲！」

「阿望學長沒有談過戀愛嗎？」千都世學姊問道。

「戲劇就是我的情人。」他的表情非常認真。「戲劇之神是一位女神。要是不夠專情就會被她拋棄……不，真的啦。你們那是什麼表情……」

「話說回來，懷恨在心的劈腿對象碰巧撿到手槍——確實有可能發生。接下來就詳細調查『空白的兩週』吧……」

我的喉嚨非常乾渴。我走到廚房，從櫥櫃裡拿出杯子，喝起自來水。

——無意間，我發現木地板上有個不自然的地方。色調跟其他地方稍有不同。那是用補土修補一道大傷痕的痕跡。到底要怎麼做，才會造成那麼大的傷痕呢？看起來就像是被刀刃刺過……

這個時候，過去的畫面突然閃現。美里把料理燒焦，慌慌張張地想滅火，使得菜刀插進地面的那一幕——！

我開始猛咳，然後以滲著眼淚的眼睛掃視屋內，用顫抖的聲音說道：

「……不管怎麼樣，先通風一下吧。」

我跨越客廳，打開落地窗。心跳正在加速。不久前才透過三郎的眼睛看見的景色，現在就擴展在我眼前。

——不會錯的，這裡就是美里的房間！

因為家具不同，以及垃圾的關係，所以我剛才沒有發現。一開始進屋的時候，我之所以有既視感，是因為曾經透過三郎的眼睛看過！

我回頭望向屋內，想像美里在這裡對三郎說話的模樣，眼眶便滲出淚水。

剛才我還心想「簡直就像是命中注定」——但我錯了。

這是算計。

就像西遊記的孫悟空逃不出釋迦的手掌心一樣，我也一直被美里玩弄在股掌之上——！

18

心臟始終吵鬧地跳動著。天氣明明很熱，我卻冷汗直流。

我就像走在夢境裡，用不穩的腳步回到公寓。三郎靠過來磨蹭我的腳。我帶著接近恐懼的感情，暫時俯視著牠的背部。

最後，我下定決心抱起三郎，窺視牠的眼睛——

我屏住呼吸。

美里不在那個房間裡。

這是她第一次出現在外面。

眼前有一扇熟悉的門——那是我稱之為「青汁色」的，顏色很奇怪的門。

是這個房間的門——！

我立刻回頭打開門。美里就站在我眼前。我們的手剛好就在能互相觸碰的位置上。我甚至有種能感受到手掌溫度的錯覺。不過，美里實際上並不在這裡。體溫也不存在。我們之間隔著一道令人絕望的時間之牆。

我開始覺得胸口很難受，無法順利呼吸，好像就快要昏倒了。

「美里……」

她身穿黃昏與謎團，美得不像這個世界的人。

「阿窈……」美里微笑。「我們去散步吧。」

我們一起踏上昏暗的街道。街上沒什麼人影，冷清得有點詭異。一路上都沒有遇到任何人。世界上彷彿只剩下我們倆。我知道是美里選擇了那樣的未來。

她把三郎放到地上，雙手交握在背後走著。三郎跟著走在她後方。穿著金絲雀黃的傘狀裙與白色襯衫的她看起來跟街景顯得有些格格不入。

「阿窈，你透過我的眼睛，看見未來了吧？然後，你發現我其實還活著，而且我和你的其中一個人注定會死。於是你選擇自己去死，想把我找出來，限制我的自由……」

全都被她發現了……我知道再說謊也已經沒有意義。我無法好好發聲，只能點頭回應。美里回頭看著我。

「為什麼——？」

我們互相凝視。目光貫穿了時間之牆，筆直投射在彼此身上。黃昏的光線與脆弱的人性情感在那雙寶石般的眼睛裡搖曳。

我的心臟彷彿快要從嘴裡跳出來了。但是，我必須親口告訴她。

「美里……我喜歡妳。真的，打從心底……」

我的臉頰正在發熱，眼淚就要潰堤。美里的嘴唇顫抖著。

「但是你明明沒見過我。」

「我們就像是曾經一起生活過。」

「……也許吧。」美里笑了一下，再次背對我邁出步伐。我跟了上去。

「美里……妳為什麼要自願死去呢？」

美里暫時保持沉默，繼續走著。最後，她輕聲說道：

「因為我也喜歡你，阿窈。」

「咦——？」我不禁懷疑自己的耳朵。

「我喜歡你。」

美里回過頭，再說了一次。然後她用有點害羞，又有點想哭的表情笑了。

高興的感覺從內心深處湧現。但是，其中也包含等量的悲傷。心臟甚至因此隱隱作痛。

「妳為什麼會喜歡上我？」

「這是祕密——」美里用食指抵著嘴唇。「以後我一定會告訴你的。」

我們接下來沿著荒川的堤防，往五色櫻大橋走去。我這邊是夏天的葉櫻，但美里那邊是春天，所以開著漂亮的櫻花。風一吹，花瓣便隨之翩翩起舞。

「這個世界真美。」

美里輕聲說道。她的聲調中帶著哀傷。

「美里，我還是——」

「你放棄吧。」美里斷然說道。「要死的是我。你是絕對無法找到我的。」

我閉上嘴巴，握緊拳頭。

「你就忘了我，去追求你的幸福吧。」美里觸摸左耳的耳環，一臉悲傷地說道。「你可以跟櫻庭學姊交往，然後結婚，過著幸福的日子。你們會生下三個可愛的孩子，兩個女孩和一個男孩，過得非常幸福……」

「我跟千都世學姊……」

「而且，你會成為了不起的演員。你會跟阿望學長一起演出《三界流轉》的《吉祥天女》和《火樹銀花》，變得非常有名，然後在天女館演出《光明遍照》，最終成為傳說。」

「我嗎……？真是難以置信……」

「阿窈，你其實非常有天分。比我有天分多了……」

周圍的天色已經暗了下來。我們站在櫻花樹下，眺望著五色櫻大橋。橋身被燈光點亮，美麗的構造浮現在黑暗之中。我想起阿望學長說過的話。

『真正有意義的時間很短暫，錯過那一刻就再也沒有機會挽回了』——

我想現在一定就是那一刻。雖然非常哀傷，卻又十分幸福，我知道自己這輩子再也不會遇見這樣的瞬間了。

19

那天晚上，我抱著三郎鑽進被窩，窺視牠的眼睛。

美里就躺在我旁邊。因為光源只有枕邊的小燈，所以我看不太清楚，但她穿著睡衣，臉上浮現溫柔的微笑。應該是因為才剛洗過澡，她的臉頰帶著淡淡的紅暈，我還能聞到洗髮精的香味。

她用輕聲細語的音量說道：

「感覺……好害羞喔。」

然後，她把半張臉埋進枕頭裡。我的心跳開始加速。

「我很想觸碰妳，真的。」我坦白說道。

「……你好色。」美里露出的單邊臉頰紅了起來，眼睛則笑了。「……可以喔。」

美里握住三郎的小手，撫過肉球。

「你感覺得到我在觸碰你嗎？」

「嗯……因為是貓的手，所以感覺有點奇怪就是了。」

「那是什麼感覺？」

「至少我沒辦法比出剪刀。」

美里輕聲笑了。然後，她撫摸三郎的脖子。我覺得有點癢。接著，美里擁抱三郎。我體會到被她的柔軟肢體包裹的感覺。

「我聽得見妳的心跳聲……」

「怎樣的心跳聲？」

「……速度滿快的。」

「討厭，好丟臉喔……」

美里的笑聲聽起來像是在胸口內側模糊地迴響著。美里溫柔地撫摸三郎的頭。於是，睡意很快便來臨。溫暖的睡意讓我不省人事。我至今的人生之中，從來沒有體會過如此深沉的安穩。

美里親吻三郎的額頭，輕聲說道：

「晚安，阿窈……」

「美里……」我在朦朧的意識中說道：「拜託妳哪裡都別去。」

「對不起……」

美里發出一個悲傷的嘆息。

然後，我漸漸進入夢鄉的時候，似乎隱約聽見了美里的聲音。

「永別了，阿窈……」

20

自從那一晚以後，我就算窺視三郎的眼睛，也聯絡不上美里。

我一個人靜靜地哭泣。

21

我一直在房間裡來回踱步，持續思考著。

到底要怎麼做，才能拯救美里呢……不管她說了什麼，我都不打算放棄。我要掙扎到最後一刻——我如此下定決心。

我和美里的其中一人會死。首先可以確定的是，與槍擊案犯人對決的過程會導致這個結果。既然如此，就表示破案的行為會連接到下一步。

那麼，我就必須揭穿犯人的手法——

我面對洗手檯的鏡子，瞪著自己的眼睛。辦案的基礎是「仔細搜索現場」。我要反覆觀看當時的記憶，直到釐清犯案手法為止。

我窺視鏡子中的自身眼睛——

我倒下時，背部撞到了牆壁。我察覺異狀，用手掌抹過鼻子，便摸到黏稠的紅黑色血液。我感到呼吸困難、意識模糊。

我連續窺視太久了。現在是幾點……？

我把T恤脫下來丟進洗衣機。衣服沾滿血與汗水，變得很重。我走到客廳，望向時鐘。現在是三點，凌晨三點。我已經窺視自己的眼睛十二小時以上。我想像自己流出鼻血與汗水，抓著洗手檯不放的樣子，於是在黑暗之中笑了。真蠢，實在太蠢了。這個樣子，一看就知道我還沒有放棄美里。就算我演戲，也一樣會被美里看穿就是了……

我需要想出其他更關鍵且出乎意料的手法。

沒錯，某種荒誕的手法……

我的腦中隱約浮現的是《小精靈和老鞋匠》第三部——

一個嬰兒被小精靈調包成了怪物孩子。傷透腦筋的母親向鄰居求助，得到這樣的建議：「將怪物孩子放到爐灶上，再用兩個蛋殼煮熱水。這樣就能讓怪物孩子笑出來，問題也解決了。」母親確實遵守這個建議，怪物孩子就笑了。於是小精靈來到家裡，帶走了怪物孩子，並將原本的孩子放到點了火的爐灶上……

院瀨見學長給我的三瓶草莓牛奶之中，有兩瓶仍放在冰箱裡。保存期限也沒有問題。我拿出一瓶來喝，暈眩的感覺便緩和許多，思緒漸漸變得清晰。

我在腦中描繪從自己的眼中看見的景象——

肉身佛讓畫面轉暗的前後有些微的差異。觀賞用的龜背芋盆栽——它的陰影有變化。雖然差異非常小，但這很重要……

我有幾件事必須確認，於是傳送訊息給阿望學長。

『黑山學長被槍擊的那天是什麼「特別的日子」嗎？』——

訊息沒有顯示已讀。現在這種時間，這也是理所當然的。我洗了個澡，一倒到床上便立刻睡得像是昏了過去。

隔天，我醒來的時候已經是中午了。我的頭痛得厲害。我到洗手檯吐出血塊，喝過水就覺得好多了。我為手機充電並開機，發現有一通未接電話與兩則訊息。

其中一則訊息是來自阿望學長。訊息中寫著「**那天是我的生日**」。我笑了。

另一則訊息來自千都世學姊，因為我沒有接電話，所以她傳了訊息。訊息中包含了在「空白的兩週」確定沒有感染新冠肺炎的社員名單。

我一一打電話給沒有出現在名單上的社員的家人——

然後，到了下午兩點——我在午後陽光之中，深深嘆了一口氣。

我已經搞清楚肉身佛槍擊案的手法——以及犯人的真面目。

不過，目前這只是我的猜測。我沒有證據，推理的根據也是來自於眼睛中的線索。

我正陷入苦思的時候，阿望學長傳來了關於「地獄集訓」的提醒。雖然他一直很猶豫是否要舉辦，但仍然決定不畏時勢，好好地完成《三界流轉》，這也為了天崎學姊和黑山學長——他用真摯的筆觸這麼寫道。我想起他哭著說自己只是很喜歡演戲的樣子，不禁為這篇感人的文章熱淚盈眶。

郵件還有後續。預計參加的成員有我、阿望學長、千都世學姊、院瀨見學長、梅子學姊、蛭谷學姊、須貝、佐村——共八個人。我們會在三天後從有明搭渡輪前往德島港，然後搭巴士到德島車站，搭JR牟岐線到牟岐車站，再搭汽車到阿望學長的老家。以上的旅程大約會耗掉整整一天。接著阿望學長會從牟岐港駕駛快艇載我們前往天女館所在的無人島，然後立刻開始排演……光是閱讀文字行程就讓人覺得累了。

透過附檔的圖片，可以得知天女館的外觀與平面圖。天女館是一棟迷宮般的圓形建築，中央的部分完全是劇場。劇場中央有圓形的舞臺，以「橋梁」與一般型態的舞臺相連。觀眾席圍繞著舞臺排列，劇場的外圍有住宿空間等設施。

明明已經萬事俱備，但根據美里看見的未來，這場活動會因為颱風來襲而停辦。聽說這件事的時候，我明明鬆了一口氣，現在卻感到悲傷。不過一個夏天就能讓我有如此大的轉變，實在令人感慨。

——這個時候，突然有一股電流竄過我的腦袋。荒誕的念頭讓怪物孩子在某處發笑。

各種點子一口氣在腦中展開，讓我為之顫抖。

這棟天女館就是決戰的舞臺——！

我立刻撥打電話——

22

「正在下毛毛雨……不知道颱風有沒有影響？」

我們搭渡輪抵達德島港的時候，蛭谷學姊說道。她駝著背，一臉蒼白。

「沒想到颱風會突然急轉彎，往日本列島前進。不過應該沒問題啦，雖然我沒有根據！」

阿望學長這麼說著，豪邁地笑了。或許是抱著度假的心態，他身上穿著花襯衫。

須貝皺著眉頭，對佐村說道：

「你戴這什麼假掰的墨鏡啊……」

「很帥吧，就跟魔鬼終結者一樣。」

「梅子學姊，妳覺得怎麼樣？」

須貝這麼搭話，她便眯起眼睛說道：

「嗯～我覺得滿好看的啊。我可以給你五分。」

「好耶，滿分！」佐村用美白過的牙齒，露出莫名潔白的笑容。

「白痴，人家可是梅子學姊，當然是滿分一百分之中的五分啊……」須貝傻眼地說道。

一行人正在聊天打屁的時候，院瀨見學長顯得無精打采。

「你還好嗎——？」我撫著他的背部。

「我暈船了……」

「對了，我記得你說自己不管搭什麼都會暈。」

「連百貨公司屋頂的熊貓電動車都能讓我嘔吐。我只有追女生的時候不會暈……」

「是啊，你連對自己都很暈。」

千都世學姊不留情地說道。不知道是不是這句話造成了致命傷，他往塑膠袋裡大吐特吐。我無奈地拋下他，走在千都世學姊旁邊，對她悄聲說道：

「結果，當初預計參加的八個人全都到齊了呢。」

「是啊，接下來就要成天演戲了——」

我們帶著行李箱搭上巴士，約三十分鐘後抵達德島車站。風勢開始變強，高大的椰子樹正在搖晃。接著要搭上JR牟岐線，歷經大約兩個小時的車程，前往牟岐車站。

「這座車站很有情調呢。」

我回頭望著有紅瓦屋頂的小巧車站，這麼說道。阿望學長說：

「真令人懷念。小六的時候，我在這裡買了青春十八車票的紅票，繞了四國一圈。」

「真不錯呢，毛都還沒長齊的青春回憶。」

「我還記得自己在道後溫泉洗了胸毛。」

接送我們的廂型車很快就來了。駕駛是阿望學長的媽媽。她的年紀將近五十歲，體型豐滿，皮膚曬得很黑，臉上隨時都掛著笑容。握手的時候，我發現她的手掌皮膚很厚。她的眉毛和穿著花襯衫的風格跟阿望學長很像。

「好久不見～」

阿望太太會用混合德島腔和標準語的方式說話。社員們紛紛自我介紹。她誇每個女生是美女，一看見佐村就說：「這位帥哥是阿諾．史瓦辛格嗎？」然後自己大笑。只有佐村高興得笑到肚子痛。

阿望家是一座大宅院，但因為雨勢愈來愈強，所以我們連留下來慢慢坐的時間都沒有。佛堂的屋梁上掛著舞臺和肖像的照片。阿望學長暫停準備，替我們解說。

「這是我爺爺，這是我奶奶。她很漂亮吧？因為她是沖繩人，所以五官很深邃。」

阿望安尊有一副充滿威嚴的臉孔，而且帶著藝術家氣息。阿望學長的眉毛似乎是遺傳到祖父。他的妻子阿望幸惠則散發著某種與世隔絕的神祕魅力。或許是因為我知道她的末路，才會這麼覺得吧。

一作好準備，我們便穿上雨衣，搭上廂型車。佐村對目送我們的阿望太太豎起拇指說「I'll be back」。梅子學姊吐槽道「說出這句話就死定了」。誰也沒有笑。

廂型車奔馳在強風暴雨的鄉間小路——

阿望學長加快雨刷的速度，只說了一句：「情況不妙……」緊張的氣氛充滿了車內。

一抵達牟岐港，我們立刻跑了起來。「快點，快點——！」大顆雨滴拍打我們的臉頰。看似漁夫的人跟我們擦身而過，對我們大叫：「別去了別去了，今天沒有人會開船啦——！」

漆黑的天空閃了一下，震耳欲聾的雷聲彷彿要撕裂天空。蛭谷學姊尖叫著蹲下。灰色的浪碰到堤防便碎成浪花，灑落在我們身上。梅子學姊把她扶起來，準備陪她上船。阿望學長回頭看著我，大聲喊道：

「怎麼辦！要取消嗎！」

「沒辦法開船嗎！」我這麼喊著回應。

「也不是不可以……！」

這個時候，我看見遠方有一個小小的人影。那個人穿著黃色的雨衣，應該是女性。她正在朝這裡靠近——我有種直覺。

「美里……！」

我對阿望學長大喊：

「我們去吧，可以的！」

阿望學長跳到船上，發動引擎並出發。劇烈的晃動讓我們驚聲尖叫。蛭谷學姊發出歇斯底里的吶喊。

「不要！我們回去吧！」

「沒事的，交給我吧！」

阿望學長用強而有力的語氣這麼說。我回頭望著港口。穿著黃色雨衣的人獨自站在防波堤上，注視著我們。

我知道自己的計畫成功了。

勉強推動原本會停辦的「地獄集訓」，前往島上——因為我透過美里的眼睛看見未來，所以時間軸才會產生這個新的分歧。如此一來，颱風就會成為天然的屏障，使美里無法追上來。我要在這個情況下，到天女館與槍擊犯一決勝負。換句話說，美里不論在位置上或物理上都不可能被槍擊犯殺死，我則確定會死去。美里雖然也有注意到這一點，卻好像晚了一步。

槍擊犯就在這八個人之中。

而且，我將被那個犯人殺死——

不過，我不打算白白送死。我要掙扎到最後一刻，改變命運。然後，我要跟美里兩個人一起活下去——不過，一股難以忍受的感傷向我襲來，使我的眼角流下一滴淚水。我面對美里，將右手舉到胸口的高度。

美里也將右手舉到胸口的高度……

✽✣✢ 第四幕 ✢✣✽

1

我們一下船就一路走上通往天女館的斜坡。只要抬起頭，便能看見那個巨大怪物般的影子橫亙在前方。每次雷光閃爍，就會將那詭異的輪廓烙印在視網膜上。

我們從雙開門走進天女館，立刻在黑暗中聽見一陣怒罵。

「我都說不要了！萬一我們掉進海裡，你打算怎麼負責！」

「抱歉——不過，根據我的經驗，我覺得行得通。」

水晶燈亮了起來。是千都世學姊按下了牆上的開關。蛭谷學姊和阿望學長的身影浮現在玄關大廳的中央，他們脫下了兜帽，面對彼此。

「你的墨鏡怎麼不見了？」

須貝這麼一問，佐村就用心虛的表情聳著肩說道：

「因為很礙事，所以我把它丟進海裡了。」

「很明智的判斷嘛。」

梅子學姊笑了。我驚覺不對勁，說道：

「等等，院瀨見學長人呢？」

大家都環顧玄關大廳——

「因為很礙事，所以我把他丟進海裡了。」

佐村笑著露出潔白的牙齒，被梅子學姊打了一下。

隨後，門被打開，院瀨見學長出現了。他用虛脫的表情說道：

「不好意思，我剛才去吐了……」

我們鬆了一口氣。

玄關大廳鋪滿了深紅色的地毯。右手邊有櫃檯，正面掛著一幅畫有山水和天女的巨大水墨畫。我們分別從左右——也就是東西兩側的走廊前往各自的房間。我的房間在東側。走廊上留下一個一個潮濕的鞋印。

「晚點得打掃一下。」須貝說道。

天女館的通道錯綜複雜，被門分隔成好幾個區塊，而且連一扇窗戶都沒有，走在裡面就會讓人方向感大亂。我向阿望學長發問。

「話說回來，為什麼這裡要設計成這種類似迷宮的構造？」

「跟東京迪士尼樂園一樣。」

「東京迪士尼樂園？」

「那裡會藉著填土和植栽，讓遊客看不見外面的世界。園方就是靠著這種手法來維護夢幻的世界觀。這座迷宮也可以隔絕外部和內部，維護戲劇的世界觀。」

我恍然大悟地點點頭。可能是興致來了，阿望學長繼續說道：

「而且，這座迷宮也帶有咒術般的含意。」

原本保持沉默的蛭谷學姊發出「咿！」的一聲短促尖叫。

「阿望安尊將戲劇視為一種咒術般的過程。觀眾藉著進入劇場體驗故事的行為，使虛化為實，使實化為虛，在虛實的界線徘徊。然後觀眾會沉浸在故事之中——遭到詛咒。隨著故事迎來結局，詛咒也會被解除。走進迷宮意味著死亡，走出迷宮就意味著重生。安尊的目的是讓觀眾在活著的情況下，達成精神上的輪迴轉世。」然後，這次他朝須貝回過頭。「迷宮自古以來就具有避邪的含意。為了讓『邪惡之物』在迷宮中徘徊，避免其入侵——」

「我開始覺得恐怖了……」須貝磨蹭自己的雙臂。

——砰！一個用力關門的聲音響起。我們一看，便發現蛭谷學姊消失了。她剛好抵達自己的房間。須貝聳著肩說道：

「『邪惡之物』離開了。」

「聽說蛭谷學姊曾經詛咒天崎學姊，那是真的嗎？」我問。

「很抱歉破壞你的夢想——」阿望學長說道。「是真的。」

我們面面相覷，走向各自的房間。

2

我一走進自己的房間便放下行李，鬆了一口氣。

室內裝潢混合了各式各樣的文化。舉例來說，折上格天井似乎承襲了神社或佛寺的風格，牆壁上的花紋則讓人聯想到清真寺的裝飾。不過，一種強烈的美學貫穿其中，構成神奇的平衡。這就跟融合了希臘悲劇、能劇、京劇等各種劇種的阿望安尊的戲劇作品有著異曲同工之妙。

我在沖澡的時候，剛才的話題在我的腦中復甦。

『走進迷宮意味著死亡，走出迷宮就意味著重生』——

我已經身在死亡之中。我顫抖著，祈禱自己能夠重生。

我換好衣服，前往中央大廳。目前還沒有人到場。這裡的美麗構造令我屏息。它就像一個巨大的球體，最底部有圓形的舞臺，觀眾席呈碗狀，圍繞著舞臺排列。東西南側都有門，北側則有舞臺與橋。天花板上有一幅天女們正在跳舞的巨大繪畫。

我站到圓形舞臺的中央，望著天花板。鐵製走道與燈具排列成一個圓，以免破壞中央的景觀。中央描繪著類似阿拉伯紋樣的幾何花紋，就像神的眼睛一樣。我感受到飄浮般的暈眩，其中混合著某種既視感。感覺像是心臟受到冰冷的風吹襲……

這個時候，門被打開，千都世學姊現身了。她一跟我對上眼便露出微笑，踩著高跟鞋走到我身旁。然後她望著天花板說「真漂亮」。

其他社員們很快就來了，現場開始吵鬧起來。須貝站在圓形舞臺中央，發出猴子般的吶喊，確認回音的大小。

「太棒了，這是專為舞臺劇設計的場地！」

「在這裡也能聽得很清楚！」

身在觀眾席邊緣的佐村這麼喊道。須貝身邊的梅子學姊睜大了眼睛。

「奇怪，佐村仔，為什麼你的墨鏡又回來了？」

佐村露出潔白的牙齒，豎起拇指說道：

「這是備用墨鏡～！」

梅子學姊一臉傻眼地嘆了口氣。

阿望學長一到現場，我們便開始排演。結束基礎練習後，我們立刻開始練習《三界流轉》。經過三個小時的練習，我們隨便解決晚餐之後，再次開始排演。我們漸漸被一股奇異的熱情吞噬。阿望學長就像被什麼東西附身似的，很嚴格地指導我們。

「不行不行——！」阿望學長對我說道。「你要連『停頓』都好好演出！你知道音樂的最高傑作是什麼嗎？」

我搖搖頭。阿望學長說道：

「——是『無聲』。小說的最高傑作是『白紙』，電影的最高傑作是『黑暗』，戲劇的最高傑作是『停頓』。空白與黑暗之中包含著一切。別忘了我們的演出是玷汙了時間和空間，摧毀最高傑作的行為！」

如果是幾天前的我，應該完全聽不懂他在說什麼。不過，我現在能夠立刻領會這番話。就像麻布被浸泡到清流之中，於是水與光立刻滲入其中一般。或許是因為我早已死去。

到了晚上十一點，排演終於結束了。

「演得好，你演得很好……」

阿望學長拍打我的肩膀，這麼稱讚。雖然只有一瞬間，但我覺得自己彷彿能達到他所追求的境界。我還能繼續進步——我這麼想。

當然了，前提是我能夠活下來。

3

回到自己的房間後，我馬上再沖了一次澡，換上睡衣並倒到床上。我累得不得了。頭就像被鉛條貫穿一樣沉重，體內則像是塞滿了潮濕的沙子。雖然肉體渴求睡眠，大腦卻非常清醒。風雨變得愈來愈強了。我閉著眼睛過了三十分鐘，卻還是睡不著，於是我打開床頭燈，從行李箱裡拿出抗焦慮藥物。自從認識美里之後，我就幾乎不再吃這種藥了……

這個時候，有人敲響了房門。我的背脊因此凍結。

我環顧屋內，尋找可以當作武器的東西。我旋轉衣帽架的分枝，拆下來握在手裡。雖然長度只跟做麵包用的「擀麵棍」差不多，但總比空手好。

敲門聲再度響起。我戰戰兢兢地打開門。

——出現在門外的人是千都世學姊。

可能是還沒有洗澡，她身上的衣服跟剛才一樣，臉上戴著口罩。

我鬆了一口氣，把「擀麵棍」藏到背後的褲頭裡，邀請她進門。

「有什麼事嗎？」

「……我只是覺得有點害怕。」

她陷入沉默，最後輕輕握住我的手。雷聲響起。黑色的眼睛隨之晃動。

「沒事的。」我雖然不知所措，還是對她擺出笑容。

「嗯……」千都世學姊點頭，定睛注視著我的眼睛。然後她微笑了一下，忽然抱住我。我感覺到柔軟的觸感，聞到一股香味。我猶豫了一下，還是為了盡量舒緩她的不安，用擁抱回應她。

「窈一，我喜歡你。」

「……謝謝妳。」

「……你有其他喜歡的女生吧？」

我嚇了一跳，放開她的身體。千都世學姊的臉上掛著悲傷的微笑。

「妳怎麼知道？」

「如果這樣還看不出來，我就不配當女人了……她是什麼樣的人？你為什麼喜歡她？」

「她——」我想著美里。「個子很小，很可愛，有點冒失，可是頭腦很好，喜歡看書，很擅長演戲，充滿神祕感，總是距離我很遙遠……我不知不覺間就喜歡上她了。其實沒有什麼特別的理由。不過，我是真心喜歡她。我想大家都是這樣的吧。」

「是嗎……」千都世學姊的眼裡盈著淚水。「真令人嫉妒。」

然後她笑了一下，遞出「擀麵棍」。

不知何時，她把藏在我背後的東西拿走了。

「……這是防身用的東西。原本是拿來掛外套的。」

「你根本不必這麼戒備吧。」

千都世學姊笑了。我伸手收下棍棒。

——但是，她突然把手抽回，讓我失去了平衡。

這個瞬間，她巧妙地迅速鑽進我的懷裡——

吻了我。

我睜大眼睛。她用眼睛露出調皮的笑容，說「你中計了」。

「剛才那是我的初吻耶……」

「沒關係，因為隔著口罩所以不算……我不會放棄的。」

千都世學姊在門前回過頭，笑著對我揮手。

「別忘了還有最後一次約會喔！」

說完，她便離去。我竟然也有能跟那麼迷人的女孩結婚的未來……我這麼想著，一個人把「擀麵棍」裝回原位。空氣中還飄著一股甜甜的香氣。

我猶豫了一陣子，最後將所有的抗焦慮藥物扔進了垃圾桶。

關燈並鑽進被窩以後，更加強烈的孤獨與恐懼向我襲來。我感覺到刺骨的寒意，因此顫抖不已。我的心裡想著三郎和美里。真希望他們能陪在我身邊。

我想起美里的體溫與心跳聲——

4

用力敲門的聲響將我驚醒。有人在房間外大叫。

我從床上跳了起來。時間是凌晨三點——風雨的聲音仍然沒有停歇。我打開門，便看到須貝站在門外。他用蒼白的臉色說道：

「出事了……！有人死了……！」

我睜大眼睛。然後，我立刻追上跑起來的須貝。我們跑進一條死路。

「可惡！走錯路了，這邊才對！」

我們迷路了幾次，好不容易才抵達中央大廳。我不禁發出呻吟。有人被一條繩子吊在圓形舞臺的上方。我慢慢靠近。

——是院瀨見學長。

他穿著連帽的藍色雨衣，有水從他身上滴落。繩子綁著他的頸部，有血從額頭上流下來。繩子的另一端延伸到環繞天花板一圈的照明用鐵製走道，固定在防止摔落的柵欄上。我低聲說道：

「出現第三名犧牲者了……」

一股異味飄了過來……仔細一看，院瀨見學長的正下方有一灘嘔吐物，千都世學姊跪在一旁乾嘔。輕撫她背部的梅子學姊指著上方說道：

「她好像是看到院瀨見的額頭，才會覺得噁心……」

須貝抬頭望著院瀨見學長，皺起眉頭。

「他的額頭中央釘著一根釘子……」

阿望學長、佐村和蛭谷學姊從西門抵達現場。蛭谷學姊發出歇斯底里的尖叫，搖搖晃晃地倒了下來。佐村趕緊撐住她的身體。阿望學長說道：

「外頭有暴風雨，不可能渡海——既然如此，就表示殺死院瀨見的犯人就在我們之中。而且這裡沒有訊號，所以也不能對外求救……」

我們暫時陷入沉默，面面相覷。就像是要打破緊張的現狀，須貝說道：

「不管怎麼樣，我們先把院瀨見學長的遺體放下來吧。」

「不行——！」我趕緊說道。「誰都不准碰遺體！警察抵達之前都要保持原狀。要是隨便亂動，有可能會破壞重要的證據。」

「是、是喔，說得也是，抱歉……」

須貝揮舞雙手，表示自己沒有別的意思。佐村從圓形舞臺往上看。

「要怎麼樣才能爬到那個走道上？」

北側舞臺的方向有兩條裝著燈具的鐵製走道，沿著橋延伸到圓形的走道。整體看起來就像古典的「鑰匙孔」形狀。

「從舞臺兩側的階梯爬到柵頂上面，再從那裡走到沿著橋排列的走道上。」

阿望學長指著走道這麼說。須貝問道：

「奇怪，阿望學長，你的左手怎麼了？」

「啊啊，我不小心扭到了。」

阿望學長秀出包裹左手手腕的繃帶，露出苦笑。我問：

「柵頂是什麼？」

「就是所謂的貓道，用來維護布幕或燈具等設備的走道。」

我們走進舞臺的右側。各式各樣的雜物堆放在地上，積滿了灰塵。有個地方垂掛著好幾根粗繩子，但我不知道用途是什麼。

底。

通往柵頂的階梯很窄，是鐵製的簡易構造。雖然觀眾看得見的地方很講究，後台卻儉約得徹底。

「走這裡要小心一點——」

相當於大樓二樓的樓梯間有個很大的洞。我們跳了過去。

我們爬到相當於三～四樓的位置，站到柵頂上。控制舞臺裝置的鋼索與滑輪整齊地排列著，從腳下的縫隙可以看見舞臺上的情況。

「走這裡——」阿望學長打開南側的門。這條路通往我們剛才從下面看見的走道。

我們經由這條走道，往圓形舞臺走去。雖然構造很堅固，也裝有扶手，但因為能透過金屬網看見地面，所以令人不禁腿軟。在這裡負責燈光的工作人員應該很辛苦吧——我心想。觀眾看不見這份辛勞。其他五個人在下面看著我們。抵達圓形走道之後，我用下面的人也聽得見的音量說道：

「繩子綁在扶手上！」

阿望學長彎下腰說：

「他的脖子上有吉川線。指尖被血染黑了。看來是被勒死的！」

「誰是吉川憲啊！」佐村大聲反問。

「是吉川線！線條的線！就是脖子被勒住的時候，抵抗的痕跡！」

我們走下走道，移動到東北側的會議室。昏倒的蛭谷學姊醒了過來，出聲哭泣。剛才回房間一趟的千都世學姊跟我們會合，我們便圍著圓桌坐下。我率先開口說道：

「暫時整理一下資訊吧。昨晚，練習結束的時間是十一點。遺體是什麼時候被發現的？」

「兩點五十分——」千都世學姊說道。「梅子在兩點四十分的時候來到我的房間——」

「我當時睡不著，因為暴風雨的聲音很可怕。所以我去了千都世的房間。我們決定去散步一下，無意間走到中央大廳就發現……」

梅子學姊說到這裡便顫抖起來。我問：

「——然後呢？」

「然後，我看到遺體就覺得很噁心，所以吐了。」千都世學姊說道。「後來，梅子跑去叫人，須貝和佐村就先來了；接著須貝去叫窈一，佐村去叫阿望學長過來。」

「原來如此——昨晚，有人在十一點以後進入中央大廳嗎？」

「我——」阿望學長舉起手。「因為精神很亢奮，我直到十二點都在練習發聲。」

「不愧是阿望學長，這就是一流人士……」

佐村一臉崇拜地說道，梅子學姊就無奈地搖了搖頭。千都世學姊說：

「……好像沒有其他人了，可見犯案時間是十二點到兩點五十分之間。這段時間，誰有不在場證明？」

須貝和佐村面面相覷，兩人一起舉手。須貝說道：

「佐村在十二點左右到我的房間，跟我一起聊了電影和ＡＶ女優的話題。」

「ＡＶ女優……？」梅子學姊皺起眉頭。「誰會在很累的時候聊這個啊？」
「男生一起過夜的時候，一定要說出自己喜歡的女生和ＡＶ女優，否則就不能睡覺。」
須貝用正經八百的表情這麼說，佐村則深深點頭。
「嗚哇，好噁……」梅子學姊打了個寒顫。
「我……」蛭谷學姊稍微舉起手，用哭腔說道：「一點到兩點的時間，我都跟阿望待在一起……我在跟他抗議。因為我氣得睡不著覺……我覺得在風雨那麼強的時候出海很危險。」
「真纏人。」佐村小聲這麼說，被阿望學長責罵。
「我跟窈一從十二點到十二點十分左右都待在一起。」千都世學姊說道。
「咦——！」梅子學姊睜大眼睛。「你們在那種時間做什麼？」
「我們在接吻。」千都世學姊若無其事地說道。
所有人都目瞪口呆，交互看著我們。就連蛭谷學姊都暫時停止哭泣。不知為何，我在情急之下說出「那個不算」，覺得自己好像連脖子都脹紅了。
咳咳——阿望學長清了一下喉嚨。
「目前還沒辦法鎖定犯人。好，我們暫時分成兩人一組，展開調查吧。」
「兩人一組——！」蛭谷學姊發出哀號。「要是跟犯人分在同一組怎麼辦！」
「到時候——要好好監視對方。」
阿望學長用平淡的語氣這麼說，蛭谷學姊便啞口無言。經過抽籤，我跟須貝一組，千都世學姊跟蛭谷學姊和阿望學長一組，梅子學姊和佐村一組。
——經過一個小時左右的調查，我們再次到中央大廳集合。
梅子學姊與佐村的小組從倉庫找到約四十公尺長的鋼索。
然後，梅子學姊突然叫道：
「我知道犯人是誰了——！」
接下來，我們展開一場推理大戰。

5

「只要思考犯人是怎麼把院瀨見吊起來的，就能知道真相。」
梅子學姊這麼說道。所有人的目光都集中到她身上。
「犯人把遺體拉到了那麼高的地方。也就是說，只有力氣大的男生才辦得到。」
「確實沒錯。要把一個人拉起來可不容易。」須貝這麼附和。
「我有異議！」佐村喊道。「犯人是經由柵頂把遺體搬到上面的走道，再用繩子綁住脖子，把遺體放下來的！那樣雖然也很累人，但靠女生的力量也辦得到！」
「不，那是不可能的——」阿望學長說。「通往柵頂的階梯途中有一個洞。以現場成員的肌力，沒有人能扛著遺體越過那裡。」

「果然還是只能從下面將遺體拉上去……」千都世學姊說。「院瀨見的體重是幾公斤？」

「我、我猜應該有六十公斤吧……」蛭谷學姊說。

「要把一個六十公斤的男生拉起來，果然還是只有男生才辦得到。」梅子學姊說。「犯人先是爬到走道上，將這條鋼索穿過走道下方的鐵管並垂放到地上，再用另一端綁住遺體的軀幹。然後，犯人從走道上下來，用盡全力去拉垂下來的鋼索！把遺體拉上去之後，再把鋼索固定在這個圓形舞臺下面的鐵架上。接著，犯人再次回到走道，把繩圈套到遺體的脖子上，並拿回鋼索……須貝仔和佐村仔有不在場證明，再來只剩下阿望學長和紙透仔。而且，阿望學長不可能犯案。」

梅子學姊看著阿望學長。他解開緊緊包住左手腕的繃帶。

「嗚哇，超腫的，而且顏色好恐怖……」須貝說。

「我在開船的時候，因為大浪的衝擊……練習結束的時候突然腫起來，就請梅子幫我包紮了。」

「原來如此，靠這種手腕確實辦不到……」

佐村這麼一說，眾人的目光便集中到我身上。我開始冒起冷汗。

「所以，梅子學姊想說我就是犯人嗎？」

梅子學姊一臉尷尬地點頭。於是，千都世學姊叫道：

「不可能，窈一才不是犯人！這樣太武斷了！」

「那妳說，女生要怎麼把遺體拉上去？」

千都世學姊暫時皺起漂亮的眉毛，陷入沉思。然後，她一下子抬起頭，說了「跟我來」。

我們走進舞臺側邊，來到吊掛著許多繩子的地方。

「這些繩子是什麼？」我問。

「這裡叫做『繩場』，作用是升降吊著燈具和布幕的『吊桿』。」

阿望學長實際拉了繩子給我們看，布幕便降了下來。千都世學姊說：

「布幕是非常重的東西。這條布幕大概有六百到八百公斤重吧。我們之所以能靠人力拉動那麼重的東西，就是利用所謂的『平衡力』，藉著重量來保持平衡。」

她指著堆在一旁的鐵塊。

「我想說的是，只要懂得運用力學，方法其實很多。比如說，用鋼索的兩端分別綁著遺體和自己的身體再跳下去，或是使用動滑輪的原理……」

「原來如此……」須貝發出感嘆。「對了，舞臺也有可以把人吊在半空中的機關吧？」

「你是說『吊鋼絲』吧。」佐村彈響手指。「建造天女館的時代就有那種機關了嗎？」

「據說最初的起源是江戶時代的元祿十三年。」阿望學長立刻答道。「森田座的歌舞伎《大日本鐵界仙人》中，飾演曾我五郎的初代市川團十郎就曾經飛越半空中。你書讀得不夠啊。」

「不好意思……」佐村深表佩服。

「這裡應該也有電動的『吊鋼絲』機關，但鋼絲根本沒辦法延伸到遺體的位置，想必跟這次的事情沒有關係。」

「雖然有點扯遠了，但大家同意女生也有可能犯案嗎？」

千都世學姊這麼說，梅子學姊就勉強點頭回應了。

6

「那麼，差不多可以讓我們說明重要的發現了吧？」

阿望學長這麼一說，梅子學姊便歪起頭。

「重要的發現——？」

「我們知道院瀨見死亡的確切時間了。」

「你說什麼——！」佐村睜大眼睛。「阿望學長還會驗屍嗎？」

「當然不會啊……」阿望學長一臉傻眼地說道，然後指著院瀨見學長。「你們看那個。他的左手腕戴著看起來很貴的錶吧？那是智慧型手錶，具備偵測心跳的功能，可以跟手機連線並留下紀錄。」

然後，他從口袋裡拿出院瀨見學長的手機。

「哦哦！」佐村發出歡呼。「你是在哪裡找到的？」

「院瀨見的房間。我們不得已，只好破壞門鎖闖進去。靠著臉部辨識就能將手機解鎖。我們用一條線把手機垂掛下去。就算額頭上插著一根釘子也能順利啟動。」

大家的視線集中到阿望學長遞出的螢幕上。

「一點二十一分有偵測到心跳的異常。手錶好像自動通報了119，可惜這裡沒有訊號。五分鐘後的一點二十六分，心臟就完全停止了。」

「這、這就表示，在那個時間見面的我和阿望都有不在場證明吧！」

蛭谷學姊的表情亮了起來。

7

「那就奇怪了——」

我這麼一說，蛭谷學姊便回過頭來，狠狠瞪著我。

「哪裡奇怪了？」

「照目前的情況看來，不論是誰都不可能犯案……」

「什麼意思？」

「請跟我來。我想請大家看看我們發現的事實。」

我們走出西側的門，經過好幾個區塊，前往玄關大廳。最短路線看似是南門，但其實是西門。我問道：

「話說回來，院瀨見學長遇害的地點在哪裡呢？」

「應該是建築物外面吧。他接到犯人的邀約，穿著雨衣外出，就被勒死了。」

千都世學姊這麼說，其他的成員也點點頭。

「原來如此，這就是大家的共同見解——」

這個時候，我們剛好抵達目的地。阿望學長環顧四周。

「這裡有什麼——？」

「請看地板。」

「地板——？什麼都沒有啊？」

「沒錯，這裡沒有原本該有的東西。這個玄關大廳的地毯容易吸收水分，而且乾得很慢。就連我們昨晚抵達時的足跡都還留著——所以，假設院瀨見學長是在外面被勒死的，這裡就應該留下搬運遺體的痕跡才對！」

「啊啊！」阿望學長驚訝得大叫。「原來如此，你說得對！也就是說，院瀨見並不是在外面遇害的。既然如此，為什麼遺體是濕的？」

「與其思考遺體為何是濕的，不如思考遺體是在什麼地方被弄濕的。」我說。「天女館沒有窗戶。所以，除非經過這個玄關門，否則不可能被雨淋濕。既然如此，就只能用自來水了。每個房間都有淋浴設備。犯人特地在浴室裡將遺體淋濕，再搬到中央大廳吊起來。請看這個——」

我打開天女館的平面圖。

「這個用斜線圍起來的位置就是鋪著地毯的地方。這些也全都是不容易乾的材質，所以用普通的方式搬運就一定會留下痕跡。雖然也可以先把遺體搬過去再用水壺等東西澆水，或是先在地毯上鋪墊子再搬運，有各種方法能鑽漏洞，但從犯人忘了在玄關大廳動手腳的情況看來，犯人很有可能沒考慮到地毯的事。我想應該不太可能是反其道而行。那麼，在搬運方面，只有兩個人能夠不經過這些斜線區域——那就是佐村和蛭谷學姊。」

大家的視線集中到兩人身上。佐村吞了一口口水，蛭谷學姊的表情開始抽搐。

「不過——」我繼續說道。「從十二點到發現遺體的時間為止，佐村都跟須貝在一起，所以他絕對不可能犯案。剩下的人就只有蛭谷學姊了。」

「我也不可能！」蛭谷學姊大叫。「院瀨見的心臟停止的時候，我都跟阿望待在一起！對吧！」

她求救似的環顧其他人的臉。所有人都一臉困惑。

「並非不可能——」我說道。「妳知道院瀨見學長戴著智慧型手錶，所以利用了這一點。妳動了手腳，操弄死亡時間……我現在就示範給大家看！」

8

移動到中央大廳後，我說道：

「妳把院瀨見學長叫到自己的房間，從背後勒住他的脖子。這個時候，頸部留下了吉川線。但是這個時候他還沒有斷氣，只是昏過去而已。然後，妳為了製造院瀨見學長是在外面遇害的假象，替他穿上雨衣，在浴室將他的全身淋濕。接著，妳把他搬到中央大廳，把釘子打進他的額頭。只不過，妳沒有讓這根釘子成為致命傷。我想目的應該是讓別人誤解死亡時間吧。然後，妳連接鋼索和繩子，把繩圈套到院瀨見學長的脖子上，經由上方走道的鐵管，將另一端綁在圓形舞臺下的鐵架上。」

我從舞臺左側拿了一個假人過來，假裝它是院瀨見學長，將繩圈套到它的脖子上。

「這樣就完成定時裝置了。接下來只要進行簡單的操作即可。請跟我來——」

我們走出南門，登上階梯，進入一個房間。這個房間有很大的窗戶，能將舞臺一覽無遺。這裡有好幾個裝著旋鈕或控制桿的操作面板。

「從這個『調控室』可以操作舞臺的照明和音響設備。雖然已經相當老舊，但還有些機關可以運作。阿望安尊經常使用『旋轉舞臺』與『升降臺』來製造舞臺效果。我想起這件事就調查了一下，果然發現——那個圓形舞臺會旋轉。」

我轉動操作面板的旋鈕。

——啊啊！大家這麼叫道。

圓形舞臺應聲開始迴轉。我加快迴轉速度。鋼索被圓形舞臺捲動，將假人往上吊掛起來。

「蛭谷學姊調整好速度以後，就去見了阿望學長。這段期間，鋼索會被慢慢捲動，最後將院瀨見學長吊到半空中——使他喪命。蛭谷學姊看準時機回到中央大廳，製造發現屍體時的狀況。」

蛭谷學姊渾身顫抖。她一臉蒼白，流著冷汗。

「都是猜測……」她低聲這麼說，接著立刻用猙獰的表情大叫：「全都是你的猜測！這根本不是確切的證據！我不會被定罪！」

我經過適當的停頓，冷靜地說道：

「現在，我們暫時回去思考『犯人為何將遺體淋濕？』的問題吧。犯人有必要製造院瀨見學長是在外面遇害的假象。為什麼呢？恐怕是因為房間裡留下了決定性的證據，來不及處理的關係——」

我們面面相覷，然後朝蛭谷學姊的房間邁出步伐。

蛭谷學姊發狂似的大叫：

「沒用的！那裡沒有！什麼都沒有！」

房間的門被鎖上了。阿望學長說道：

「——鑰匙！」

蛭谷學姊搖搖頭。這個瞬間，阿望學長用力踹了門。

「住手！沒有！沒有！沒有！我就說沒有了！」

蛭谷學姊哭喊著。

阿望學長使出渾身解數，將門踹開。

我們屏息以待。

有好幾個稻草人偶被釘在正面的牆壁上。阿望學長嚥下口水，然後快步走到牆邊，開始從牆壁上拔下稻草人偶。於是——

「找到了！這裡有爪痕！上面還有血跡！這就是不折不扣的證據！」

「不准動——！」

我們回過頭，看見蛭谷學姊用槍口指著我們。佐村睜大眼睛。

「『M360J SAKURA』——！」

他一看到槍口指著自己，便發出咿的一聲尖叫。千都世學姊被手槍握把毆打，因此倒地。

「千都世學姊——！」我喊道。

「都是院瀨見的錯！」蛭谷學姊歇斯底里地尖叫。「明明有別的女人，還敢玩弄我的感情，甚至把病傳染給我！他活該去死！去死！你們全都給我去死！去死！去死！去死！去死——！」

她每說一次去死，就會用槍口依序指著每一個人——

我望進槍口，感覺到自己的臉色正在發白。

蛭谷學姊發出瘋狂的吶喊，然後奔出房間。我們暫時維持舉起雙手的姿勢，愣在原地。我在千都世學姊的身邊蹲下。

「……妳沒事吧？」

「嗯……」千都世學姊按著右眼說道。

「她簡直是瘋了……」須貝低聲說道。「接下來該怎麼辦？」

「最好暫時不要輕舉妄動。先觀察情況吧……」

阿望學長依然舉著雙手說道。

9

過了一陣子，須貝說道：

「怎麼有一股燒焦的味道……？」

「好像真的有點臭……」梅子學姊用鼻子嗅著味道。

然後，灰色的煙沿著天花板，飄進房間裡。「啊啊！」阿望學長喊道。我們跑到走廊上。右手邊有火焰正在熊熊燃燒。地板是一片火海，牆壁也燒了起來，即將延燒到天花板。將頭髮抓亂的蛭谷學姊站在火焰的另一頭，用嚇人的聲音大叫：

「去死！去死！全都給我去死——！」

「妳這個臭女人——！」

須貝怒吼，往前作勢撲過去，卻被火焰阻撓。

「啊哈哈哈哈哈——！」

蛭谷學姊仰天狂笑，消失在轉角處。

「糟糕，萬一火勢延燒到玄關大廳，我們就逃不出去了！」

額頭冒出冷汗的阿望學長叫道：「走這裡——！」

我們開始奔跑。阿望學長打開門。猛烈的火勢噴了出來，於是他趕緊關上門。

「只能繞遠路了！」

我們再次起跑，好不容易才抵達玄關大廳，卻不禁停下腳步。深紅色地毯已經化為一片火海。火焰轟轟作響，即將吞噬一切。巨大的天女畫有如八萬劫中大苦惱，在阿鼻焦熱地獄被灼燒靈魂的罪人。

「回頭，回頭——！」阿望學長轉過身來，火舌舔過他的背部。

「其他逃生口呢——！」我喊道。

「沒有了……！」阿望學長用呼喊回應。「沒有其他逃生口了！只能滅火！」

然後他跑了起來。我們追上他的腳步。天女館已經化為一片灼熱的地獄。

「不要吸入濃煙——！」佐村大叫。

途經岔路的時候，阿望學長說道：

「女生先去中央大廳避難！男生去拿滅火器！」

兩個女生點點頭，奔向中央大廳。男生則往東北側跑去——再次碰到岔路的時候，佐村叫道：

「我記得那邊的房間也有滅火器！我去拿！」

「不要啊佐村，太危險了！」阿望學長大叫。

「滅火器愈多愈好！」佐村從口袋裡取出墨鏡戴上，豎起拇指說：「I'll be back!」然後衝進火焰中。

「佐村——！那個笨蛋！」

「我們快走吧！」我推著阿望學長的背。

我們一抵達儲藏室便打開鐵門。「走這裡！」我們往水泥房間的深處前進。建材後面有三支20型的滅火器。「好耶！」須貝握拳叫好。

這個時候，砰的一聲，門被關上了。

「糟了——！」阿望學長衝到門邊。「我們被關起來了！」

他使勁轉動門把，還用身體撞門，卻怎麼也打不開。

「讓開——！」須貝用滅火器的底部猛力敲門。我也跟他一起敲，門卻文風不動。「可惡！」須貝用滅火器砸向門。他呼吸急促，眼泛淚光。「再這樣下去，我們會被悶死在裡面！」

「煙跑進來了！」我大叫。

「用這個塞住縫隙！」阿望學長脫下T恤，打著赤膊把衣服壓在門的上緣縫隙。須貝也上前幫忙，維持這個姿勢連連咳嗽，高聲大叫：

「誰來救救我們啊——！」

這時門突然敞開，兩人於是往前跌倒。

佐村抓著滅火器站在門外。

「讓你們久等了，寶貝。」

佐村笑著說道。須貝用有點複雜的表情說：「謝了，魔鬼終結者。」我們馬上站起來，抓著滅火器奔跑。然後，我們來到須貝的房間附近，停下腳步。

——某種東西正在燃燒。

形狀像是人的某種東西……

須貝撿起掉在旁邊的黑色塊狀物，說道：

「是真槍……這就是瘋女人最後的下場嗎……」

「小心連我們都步上她的後塵！」阿望學長這麼說道，把T恤丟給須貝。「你去房間裡把衣服弄濕！拿來當作防煙口罩！」

須貝點點頭，打開門鎖後走進去。

留下來的我們彼此使了個眼色，開始奔跑。

——我們一踏進中央大廳，千都世學姊便一臉擔心地跑了過來。

「沒事吧？」

「沒事，一切都很順利。」

「唉，別說胸毛，我連肚臍的毛都燒焦了……」阿望學長說道。

原本看著螢幕的梅子學姊站起來，用全身擺出勝利姿勢。

「好耶～！釣到了！錄影也清清楚楚！」

「作戰成功——！」

阿望學長握拳說道。我們發出歡呼，彼此鼓掌。

我仰望天花板。那裡已經沒有吊掛任何東西。我說：

「辛苦你了，院瀨見學長——」

院瀨見學長臉色蒼白，一邊喝著寶特瓶裡的水，一邊舉起右手。

「沒想到他只是被吊著也會暈……」千都世學姊說道。「害我捏了一把冷汗。」

「那果然是院瀨見學長的嘔吐物嗎？」我問。

「沒錯，所以我臨時想辦法蒙混過去了。」

「我的心臟差點就停了。」院瀨見學長把黏在額頭上的釘子拿下來，用手指彈了一下。

「蛭谷學姊的演技好逼真喔。被槍口指著的時候，就算知道是演戲，我還是捏了一把冷汗。」

「呵呵呵，謝謝誇獎。我好久沒有這麼投入了。」

我一讚美，蛭谷學姊便露出可愛的笑容。

這個時候，東側的門敞開了——

「情況不妙！大家快逃啊！」看到他拚了命跑來的樣子，我感到很悲哀。須貝來到靠近中央的地方，卻依然沒有察覺異狀。「你們在做什麼？還不快點！」

然後，他一看到蛭谷學姊的身影便發出一聲尖叫，終於開始觀察四周。他看到院瀨見學長的身影，露出目瞪口呆的表情。

「這是怎樣……到底是怎麼回事啊，喂……！」

然後他跑上圓形舞臺，抱著頭環顧四周。

「什麼啊……！這到底是怎樣啊……！」

我登上圓形舞臺，跟須貝對峙。須貝大叫：

「我們被火海包圍了，得快點逃啊！」

「阿望安尊專為《吉祥天女》建造了這棟天女館——」阿望學長用清晰的音量說道。「最後一幕會將天上的陽光引進館內，以無限的光芒重現天女帶來的光明遍照——也就是救贖。」

然後他舉起右手示意，沉重的聲響便從上方傳來。阿拉伯紋樣的天花板分裂成六塊，最後顯露出正圓形的夜空。

暴風雨已經開始趨緩，風也停了。冰冷的雨水淋濕了我和須貝。

「這樣就暫時不必擔心了。」阿望學長這麼說道。

我深深吸氣——然後吐氣。接著，我說：

「我們來談談吧。」

10

天女館就是決戰的舞臺——！

發覺只要在暴風雨之中舉辦「地獄集訓」就能執行這項計畫的我，立刻撥打電話給阿望學長，跟他約時間見面。他的協助在這項計畫中是不可或缺的。

我前往阿望學長的房間，在同時裝飾著天狗面具、星際大戰的海報與寫著「克己心」的書法作品的荒謬裝潢之中，談起自己的推理。

「一開始，我以為犯人是播放預錄的影片，假裝自己在家，然後趁著這段時間殺死黑山學長，藉此製造不在場證明。但是後來，我得知當時沒有社員是預錄影片，就排除了這個可能性——然後，我想起一件事。肉身佛遮住鏡頭的前後，畫面有點不對勁。那個時候，龜背芋盆栽的影子形狀改變了。這也就表示，從窗外照射進來的光線角度改變了。換句話說，畫面轉暗的前後是在不同的時間拍攝的——沒錯，黑山學長才是預錄影片。」

其實這是我觀看眼睛裡的記憶上百次才終於注意到的事實，但我這麼解釋。

「——我們來整理一下時間順序吧。黑山學長和犯人在遇害當天之前就拍攝了畫面轉暗之前的影片。然後到了那天，我們正在連續排演的時候，犯人把自己的畫面切換成影片，前往黑山學長的家。因為大家的目光都集中在演員身上，所以沒有任何人發現。犯人抵達黑山學長家之後，黑山學長也把自己的畫面切換成影片了。」

阿望學長睜大眼睛。我繼續說道：

「犯人換上肉身佛的服裝，殺死黑山學長——這個時候必須先關上隔音室的門。這麼一來，附近鄰居就不會聽見槍聲。然後，犯人拍下畫面轉暗之後的影像，跟畫面轉暗之前的影像銜接成一部影片，在黑山學長的畫面中播放。黑山學長暫時坐在椅子上，最後有肉身佛出現……的影片。這個時候，犯人利用那個房間裡的音響器材，設定播放槍聲的時間。接下來只要打開隔音室的門再回到自家，配合影片演戲，就能偽造不在場證明。附近鄰居聽見的槍聲其實是錄音——」

「先等一下，這是怎麼回事？為什麼黑山要做出協助犯人的舉動？」

「阿望學長，那天是你的生日對吧？」

阿望學長啞口無言。我繼續說道：

「我想，黑山學長原本應該是想要給你一個驚喜。肉身佛的出現引起一陣騷動，畫面暗下來之後，黑山學長的身影就突然消失了。然後阿望學長家的門鈴響起，一打開門，拿著花束和禮物的黑山學長便站在門口……原本的安排可能是這樣吧。」

「黑山……」阿望學長的眼眶濕了。「對了，難道那個東西是！」

阿望學長從抽屜裡拿出一個包裝得很漂亮的小盒子。這是在葬禮那天，黑山學長的父母親手交給他的東西。

「我一直不太敢打開……」

阿望學長小心翼翼地解開緞帶和包裝紙，用顫抖的手打開蓋子。裡面是一封信和一個精緻的桐木盒。阿望學長唸出那封信。

「生日快樂！我打從心底為《三界流轉》的問世感到高興。我也會在背後全力支持你的。在你出名之前，先用這支筆練習簽名吧。這是特製的喔！」

桐木盒裡放著一支畫著美麗天女蒔繪的墨筆。阿望學長流下眼淚。

「……黑山學長當時應該是預錄影片，看起來卻像是聽到須貝大叫『學長，你後面──！』才回頭往後看。可以合理推測，那是須貝配合影片演戲──除此之外，我取得在那『空白的兩週』確定沒有感染新冠肺炎的社員名單，謊稱自己是衛生所員工，打電話給每一個不在名單上的社員的老家。結果，我得知須貝當時也有確診。」

「須貝——」阿望學長低聲說道。「黑山如果要製造驚喜，應該會拜託他吧。」

「另外，我透過社群網站聯絡上他高中時代的同學，確定須貝和天崎學姊在高中時曾經交往過。天崎學姊上大學以後，他們應該還有持續交往。然後，須貝發現天崎學姊腳踏三條船，於是對她懷恨在心。某天，他在新宿車站撿到手槍，這就成了他犯案的契機……」

現在回想起來，他會在第一次殺人的時候跟我線上聊天，或許是想製造不在場證明。而且這麼做還能掌握住在隔壁的我的行蹤，簡直是一石二鳥。

「犯人幾乎可以確定是須貝了。不過，我們沒有證據。黑山的電腦裡可能還留著影片的檔案，但要設定自動刪除也很容易……」

「沒錯，我們沒有證據。所以，我們要製造證據——」我攤開放大的天女館平面圖。「犯人特地挑在『殺了一個人，就注定要殺死第二第三個人』的臺詞之後播放殺害影片。因為阿望學長的劇本會透過Notes嚴格管理節奏，所以能夠算準時機。這個行為暗示了連續殺人，下一個被害人應該是院瀨見學長。所以，我們要先殺死院瀨見學長——」

我向啞口無言的阿望學長說明自己的計畫。

「原來如此，假設目標先被別人殺死，他接著就會開始思考『要怎麼處理手槍』。這時候，我們要製造剛好適合處理手槍的時機，拍下那個瞬間，將手槍拿回來。這會是決定性的證據——

不過，你的計畫有一個致命的缺陷。我們無法保證須貝一定會將手槍帶進天女館。」

啊——我心想。我在美里眼中的未來聽見了槍聲，所以知道犯人會將手槍帶進天女館。不過，除此之外確實沒有其他保證。

我猶豫了一番，最後決定坦白自己的能力和美里的存在。聽完整整一個小時的說明，阿望學長抱頭說道：

「我一時之間難以置信……不過，以謊話而言實在太荒唐又太縝密了……對了，你窺視我的眼睛，猜出阿望安尊臨終時的遺言吧。其中包含只有我才知道的事。」

「我知道了。」我點頭。「請你仔細回想當時的情景——」

阿望學長點頭，然後閉上眼睛。他的眼瞼抽搐了一下。接著，當他再次睜開眼睛時，兩行淚從他的眼中落下。

我窺視阿望學長的眼睛——然後說道：

「『把天女館燒了』——這是外界也知道的遺言吧。聽到這裡，爸爸就去叫醫生了。不過，接下來的話只有當時還是小孩子的阿望學長聽見。那句話就是——『我要跟幸惠到另一個世界演出吉祥天女。』」

阿望學長渾身顫抖，說道：

「沒錯！因為只有前半段的那句話傳出去，所以外界都認為爺爺輸給了絕望。不過，其實不是那樣。你知道沖繩有一種叫作『打紙』的紙錢嗎？把印著錢幣花紋的紙張燒成煙，就可以傳遞到另一個世界。因為我奶奶是沖繩人。爺爺打算燒掉天女館，在那邊演出《吉祥天女》。他就是這麼打從心底愛著我奶奶和戲劇。奶奶之所以自殺，其實是因為聲帶腫瘤而無法再演戲的關係，他們倆真的是天生一對。」

「原來如此，是這樣啊……」

事實有時會受到曲解。然後，阿望學長說道：

「這樣我就相信你說的話了。現在馬上開始寫劇本吧！」

於是，我們兩個人一起絞盡腦汁，專心擬定作戰計畫。與名為阿望志磨男的才子一起創作——這樣的體驗讓我起了雞皮疙瘩。

首先，院瀨見學長的上吊屍體會被發現。他當然還活著，但梅子學姊會藉著化妝將他偽裝成屍體。頸部的繩子藏著鋼索，連接到「吊鋼絲」專用的護具，所以脖子不會承受體重。

「現在是夏天耶？穿著短袖短褲的話，護具不是很明顯嗎？」

「既然這樣，就讓他穿上雨衣吧。之後再找理由解釋。」

接著，我們會展開不在場證明的確認與推理大戰。

「我因為左手腕扭傷，無法吊起遺體。這也要靠梅子的特效化妝。」

我們興致勃勃地構思不在場證明的偽裝和機械機關等詭計。使用智慧型手錶來查出死亡時間的點子是我想到的。只要秀出用修圖軟體更改過數字的圖片就行了。

「最後，被逼到絕境的蛭谷會拿出模型槍嚇人，接著放火！這時須貝會這麼想：『有瘋子拿出假貨來嚇人。大家好像都以為那是真槍。』」

阿望學長在平面圖上畫著線說道：

「我們要用門的開闔來控制火勢並誘導須貝，尋找滅火器來撲滅玄關大廳的火！途中分成男女兩組，女生組到中央大廳把院瀨見放下來。男生組的佐村在半路上開始單獨行動，假裝去拿滅火器，其實偷偷跑回來把我們關起來！」

筆尖以驚人的速度在紙上滑動——

「走出房間後，我們發現瘋女人蛭谷引火自焚了！這當然是假人。附近掉著一把模型槍。須貝可能會把手槍放在房間，所以我們要給他時間去拿。然後，我們離開後，須貝會這麼想：『太好了，這是個好機會！只要趁現在把假槍換成真槍，先前的殺人案就可以推到這個瘋女人的頭上了！』然後我們把那個瞬間錄下來，再拿回手槍——」

決定大綱以後，接著只要雕琢細節就行了。

「很完美呢……」

「確實很完美……」

我們陶醉地望著完成的劇本大綱。

「我有點擔心佐村會加上奇怪的即興演出。不過，把天女館燒掉真的沒關係嗎？」

「沒關係，反正我們本來就打算拆除那裡。畢竟維護的費用不容小覷。現在登錄的有形文化財之中，有不少都難以負擔管理費用，陸陸續續遭到拆除。其實我們早就該把它燒掉了。它本來就是爺爺築起的夢想，所以爺爺才有權力毀掉它。我們就演一齣有趣的戲，送給爺爺當作另一個世界的伴手禮吧——」

我點點頭。接下來就看有幾個人願意加入這個危險的賭局了。

11

「所有人——！所有人都是在演戲，騙了我嗎！」

渾身濕透的須貝環顧四周，這麼吼道。雨滴從他的嘴巴噴出。

「所有人都二話不說地答應參加。大家就是這麼看重夥伴。」我勸道：「須貝，你自首吧。你要打從心底悔過，重新做人！」

「該死的！可惡！可惡！可惡……！」須貝流下淚水。「談戀愛果然只有風險。就因為愛上一個渣女……可惡……為什麼我……」

「須貝……」

「欸，不是有一種花叫作『花梨』嗎？我以前曾經送給華鈴當作禮物。你們知道那種花的花語是什麼嗎？是『唯一的愛』。很諷刺對吧……不，或許反而很貼切。那傢伙徹頭徹尾就是個只愛自己的人……」

須貝以極度悲傷的語調說道。

不知不覺間，火勢已經以驚人的速度蔓延開來。阿望學長大喊：

「火勢擴散得很快！差不多快沒時間了！」

「你也要小心一點，窈一——」須貝說道。「女人全都是天生的演員。」

這時燈光突然暗了下來。我聽見尖叫聲。須貝的聲音從黑暗深處傳出。

「不過，已經無所謂了，反正你們都會死……」

在火光之中，短劍的刀鋒與須貝那張帶著殺意的臉突然出現了。過去發生的事有如走馬燈，閃過我的腦海。糟了——我心想。都走到了這一步，我卻會死在這種地方嗎——？

這個瞬間，一個人影迅速衝出，擋在我的面前。

人影倒下。

火焰將那張臉照亮。

我愣住了。喉嚨擠出沙啞的聲音。

「為什麼……怎麼會……」

那個人影——是千都世學姊。

一把銅柄短劍深深刺進了她的腹部。

我抬頭望向天上，感到毛骨悚然。在夢裡看見的景象，此刻就擺在我眼前。

——黑暗的月亮正在燃燒。

那並非真正的月亮，而是從延燒的天花板望出去的圓形夜空。
我蹲下來，呼喚千都世學姊。她已經奄奄一息。
我注意到她的右眼顏色跟以往不同，是寶石般的榛果色眼睛。我這才發現是黑色的角膜變色片在她被手槍握把毆打的時候脫落了。我見過這樣的眼睛。
然後，耳熟的聲音從千都世學姊的喉嚨發出。
「阿窈，對不起……」
頓時——我的世界扭曲了。
我錯愕不已，什麼也無法思考。我不懂，也無法理解。
唯一一個無可動搖的事實就躺在我眼前。
「美里……？」
淚水從她的眼裡滑落。
我窺視了她的眼睛——

「眼睛」在黑暗中睜開……

木乃伊男站在眼前。
一圈又一圈的繃帶包裹著頭部。

那是映照在鏡子裡的自己。

榛果色的眼睛從繃帶的縫隙間露出。

雙眼流出眼淚，美里的聲音說道……

「我一定會救你。」

記憶正在急速崩潰。暴風雨般的聲音從遠處逐漸逼近。

沒有時間了——！

我再度窺視那雙眼睛。

我穿越感官的風暴，於是時間被拉長——

『妳會失去自己的臉，真的可以嗎？』

『……是，我已經作好覺悟。』

強光在眼前亮起。眼瞼遮蔽了一半以上的視野，只能看見模糊的人影正在移動——一切感官都很遙遠。美里可能是失去意識了。只有眼球記得這個景象。

人影窺探美里的臉，開始揮動銀色的物體……

是手術——我總算明白。眼前的強烈光線來自無影燈。

意識因麻醉而昏迷不醒的期間，手術持續進行——

手術刀將皮膚切開……

鑽頭削著堅硬的骨骼……

『……手術結束。經過幾個月的恢復期，妳就能展開新的人生了。』

『謝謝醫生……』

——我從眼睛中的眼睛返回。

顫抖的手放到頭部的繃帶上。

美里一點一滴地解開繃帶……

肌膚漸漸顯露出來……

那張臉已經變成了千都世學姊的模樣。

她戰戰兢兢地觸碰鼻頭，然後往後仰起頭，撫摸下巴的線條……

那雙眼睛再次靜靜地流下眼淚。

「我一定會救你。」

她再次說道。

「一定，一定，一定會……！」

堅決的眼神凝視著自己的眼睛。

然後，來自鏡子另一頭的暴風雨瞬間吞噬一切——將其抹除。

被拋出眼中世界的我茫然若失。
千都世學姊就是美里。
而且——美里死了。
我握住脈搏停止的手，發了瘋似的吶喊。
短劍從千都世學姊的腹部被拔出。
須貝反手握住短劍，往下朝我揮舞——
——槍聲響起。
一切看起來都像是慢動作。須貝瞬間踉蹌，但又立刻站穩腳步。阿望學長從後方用雙手架住須貝。須貝靠蠻力掙脫，回過頭用劍柄擊中他的下巴，於是阿望學長癱倒在地。
須貝再次高舉短劍——
這個時候，舞臺突然搖晃起來，讓須貝失去平衡。舞臺開始高速迴轉，不壓低重心就會被甩出去。剛才在調控室打開天花板的佐村還在那裡，是他操控舞臺救了我。周圍的景色變得像一束一束的線條，急速迴轉著。
「紙透——！」
蛭谷學姊正在不斷地喊著某些話，我卻因為都卜勒效應而聽不清楚。
忽然間，舞臺停止迴轉了。我因慣性而翻滾。須貝也同樣翻滾，然後努力嘗試站起來，卻搖搖晃晃。因為我們的位置靠近中央，所以頭很暈。

「須貝——！」院瀨見學長大叫。他的手裡拿著取回的手槍。「你竟敢殺了華鈴——！」

糟糕，院瀨見學長打算殺了他！

這時舞臺發出「喀隆——！」的聲音，再次開始迴轉。須貝跌倒了。

我還來不及鬆一口氣，院瀨見學長便跌跌撞撞地爬到了迴轉的舞臺上。他雙眼充血，帶著瘋狂的光芒。我不寒而慄。他是特地來殺須貝的！瞄準迴轉舞臺上的須貝是很困難的事，所以他也登上了同一座舞臺。從路邊很難射中行進中車輛的駕駛頭部，但從同一輛車的副駕駛座就能輕易辦到。兩者是同樣的道理。

院瀨見學長搖搖晃晃地用內八的姿勢保持平衡，慢慢站起來。他的雙手緊緊握著手槍。槍口慢慢往上抬起——

我的內心萌生一股邪念。須貝這種人，活該就這麼被殺死。這是他奪走美里性命的報應……！不過，我緊握拳頭直到指甲陷進肉裡的地步，咬牙大叫：

「佐村——！」

喀隆！舞臺突然停止了。我跌倒在地。臉頰猛烈撞擊地面，讓我嚐到血的味道。我抬起頭，透過搖搖晃晃的視野，看見須貝正要站起來的樣子。

短劍與手槍——

兩把武器掉落在舞臺上。兩者都與須貝隔著幾乎相等的距離。我想馬上衝出去，膝蓋卻使不上力。須貝用喪屍般的怪異動作發狂似的往前爬，死命抓住手槍。

「我要、呼、殺了你們！你們所有人、都給我去○＄％□※！」

須貝喊著支離破碎的字句，站起來舉起手槍——我一時感到害怕，但不知為何，恐懼到了下一個瞬間就突然消退了。

多麼可悲啊——我這麼想。

在我的眼裡，須貝簡直窩囊到悲哀的地步。手槍與其說是武器，看起來更像是一把拐杖。須貝拄著拐杖，好不容易才站起來……在我看來就是如此。

「須貝……」我用好言相勸的語氣說道：「你只剩一發子彈，要怎麼殺死所有人？」

須貝驚覺不對，看了一眼手槍，然後改往短劍撲過去——

這個時候，原本從背後偷偷靠近的院瀨見學長用身體衝撞了他。須貝跌倒在地，產生極大的破綻。

「紙透！」「紙透仔！」

蛭谷學姊和梅子學姊同時喊道，合力把滅火器拋給我。

我馬上拔起安全插梢，猛力噴射。須貝遭到煙霧包圍。我在煙霧中衝刺——須貝睜大眼睛，舉槍指著我。我反射性地歪過頭，躲開彈道。砰——！最後一發子彈掠過左耳。我用滅火器狠狠敲打須貝的下巴。須貝翻起白眼，搖晃著往前倒下。

看著倒地的須貝，我吐出一口氣。

手槍與短劍的二選一——我認為選擇手槍的行為源自於他的懦弱。

如果沒有撿到手槍，他或許就不會犯下殺人罪了……

這個時候，天花板的圓形走道斷在直線的部分，隨著一陣巨響掉了下來。我們趕緊趴下。刺耳的聲音響起，地面同時搖晃——

所幸我們毫髮無傷。我大叫：

「快逃——！大家快逃出去！」

我們接二連三地跳進舞臺上的「升降臺」開口。下方鋪有軟墊。佐村協助阿望學長，我則背著須貝。

我一度回過頭。美里的遺體被掉落的走道壓住了。我有一股衝動，想要拋下須貝，回到她的身邊——但是，我緊咬下唇，揮別這個念頭。

……只能把她留在那裡了。我哭著追上大家的腳步。

我們奔過由水泥構成的通道——便抵達位於島嶼另一側的碼頭。大型樂器等笨重的器材應該就是從這裡經由升降臺搬進館內的。雨已經停了。我們登上島嶼的斜坡。

天女館在遠處燃燒著。我們沉默地注視著這一幕。

最後，東方的天空染上一片紅。破曉的晨光美得令人驚嘆。

於是，案件宣告結束。

終幕

1

連續槍擊案在傳說級劇作家建造的天女館落幕，因此引起世人的關注，產生各式各樣的臆測與想像。不過，因為戲劇社成員的口風都很緊，所以話題很快就退燒，於是新聞版面再次被疫情占據。正如遺體會被泥土埋葬，資訊也會被其他資訊埋葬。

須貝遭到逮捕，正在等待審判，但我並不想知道細節。沒有人發現櫻庭千都世的屍體是別人。因為她沒有親屬可以依靠。

案件告一段落，我們再次回到日常生活。

原本應該是這樣的，但我卻已經回不去。我從此足不出戶。冷氣機壞了，不再開鑿隧道。三郎也不知去向。季節在不知不覺間進入秋天。我一個人窩在常溫且無聲的房間裡，也不去參加戲劇社的練習。

我在半夜因惡夢而驚醒時，想起了鹿紫雲同學說過的話。

「一直待在陰暗的房間裡，就能看清自己的靈魂。我想了解真正的自己，所以卸除了多餘的零件。就像把洋蔥的皮一層一層剝掉，一點一滴地……」

接下來的三天，我都只靠喝水過活。期間，我一直在窺視自己的靈魂。

其中——有舞臺。

與悲傷同色的藍色光，以及與懷念同色的金色光，淡淡地照亮了舞臺。舞臺上沒有我，只有美里。只有她永遠是唯一的演員。我也跟鹿紫雲同學是同類。

有一天，阿望學長來拜訪我。

「你還好嗎——？」他非常溫柔。

我們一邊喝茶，一邊閒話家常。聊到戲劇相關的話題，我便感到心痛。我們又聊到蛭谷學姊的詛咒，於是自然而然地提起阿望安尊夫妻的名字。

「現在想想，他們兩個人的關係也是一種詛咒。奶奶被爺爺詛咒而死，爺爺也被奶奶詛咒而死。一定只有《吉祥天女》可以破除這道詛咒。因為奶奶的喉嚨長了一個小小的腫瘤，他們就永遠失去了機會……到了這個地步，就只能說是人的業障了。而且，我也一樣受到了詛咒……」

然後，阿望學長留下了《轍之亡靈》的DVD。道別的時候，他說：

「我會等你，耐心等著你一個人。只有你能破除我的詛咒——」

但是，我沒有勇氣打開來看。DVD一直被我扔在房間角落，折磨著我的心。

十月底的時候，我收到一個包裹。我完全沒有頭緒，疑惑地拆開包裹。

因此屏息。

裡面是雷內．馬格利特的《戀人》複製畫。

我終於想起來了。前往院瀨見學長家那天，我提早去了那家古董店一趟，買下這幅畫，並安排在千都世學姊生日前寄達。我以為這麼做就可以騙過美里的眼睛……

畫裡的情侶用白布罩住頭部，在看不見的情況下，隔著布料接吻。我想起自己與千都世學姊——與美里隔著口罩的那一吻，難過得胸口發痛。

然後，我終於看了《轆之亡靈》的影片。

千都世學姊的演技深深震撼了我的心。美里為了避免祕密被揭穿，故意演得比較差，但即使如此仍然很精湛。

『噢，人的命運就是如此嗎？脆弱得難以依靠，剛強得難以摧毀……』

德翁臨死的最後一幕是由已經死去的兩名演員飾演。那已經是彼岸的世界。不存在於人世的美麗充滿了整個畫面。

『所以，這個人究竟是誰呢？』

『我也不知道。他究竟……是什麼人呢……』

千都世學姊的德翁騎士流下一滴滴淚水。那副模樣真的很悲傷，勒緊了我的胸口。

美里究竟是什麼人呢？

為什麼她不惜賭上自己的性命也要救我？

美里與千都世學姊，究竟何者才是真正的她呢——？

天崎學姊的伊莉莎白說道：

『不過，我喜歡這個人。』

我流下一滴滴淚水。

不論美里究竟是什麼人，我都喜歡她。

2

某天，鹿紫雲同學在沒有任何預兆的情況下來訪。我一瞬間將她誤認為美里。

「好久不見了。這是我們第三次碰面。」

「第三次——？」我一臉疑惑，然後發出「啊」的一聲。「那天，穿著黃色雨衣，假裝成美里來到港口邊的人就是妳吧！」

鹿紫雲同學點頭。

「是柚葉學姊吩咐我那麼做的。我也知道學姊能看見未來。我還知道你這號人物，以及你跟學姊之間發生的事……」

她遙望遠方，臉上掛著混合哀傷與超然的複雜表情。然後，她對我遞出一個水藍色的信封。

「這是柚葉學姊要給你的信。」

「美里給我的信——？」

「那麼，我要告辭了。今後還請你多多關照。」

「今後——？」

鹿紫雲同學留下謎一般的發言，在轉眼間離去。

我回到房間，望著信封。背面寫著「來自死者的信」。心臟劇烈跳動著。我感到頭暈。好不容易調整好呼吸以後，我用顫抖的手指打開信封。

給阿窈：

一開始請讓我向你道歉，對不起。

對於持續說謊騙你的事，還有擅自代替你死去的事，我真的感到非常抱歉。你還記得我們兩個人一起沿著荒川的堤防，往五色櫻大橋走去的那天嗎？現在，我要實現當時的承諾。我會一五一十地解釋自己為何喜歡上你，以及我究竟做了些什麼。

我是一個孤兒，在兵庫縣內的某間育幼院長大。

一開始，我預知未來的能力很微弱。例如隱約覺得保母要回來的時候，保母就真的回來了；或是隱約覺得某個盆栽明天會破掉，那個盆栽就真的破掉了——大概是這種程度。但是我的能力隨著成長而不斷增強，讓我漸漸獲得接近神的雙眼。雖然我為了騙過你，誘導你低估我的能力，但我預知未來的能力其實更加萬能。

同一間育幼院裡，有個女生跟我非常要好。在惡劣的環境中，她是我唯一的心靈支柱。就算說她是我的另一半也不為過。

八歲的某一天，我看見了那個女生死去的未來。然後，我也得知了命運的性質。死亡的命運無法輕易改變。如果要改變，就必須用他人的性命作為交換。

不過，那個女生死去的機率是五成。她在現場遇見的陌生男孩勇敢地犧牲自己的性命拯救她的機率，就是剩下的五成。

或者，除非我代替她死去，否則沒有方法能拯救她。

當時還年幼且弱小的我，沒有辦法作出任何選擇。我只能躲在育幼院的壁櫥裡，用毛毯包裹自己，害怕地等待神明擲出硬幣。

於是，那個女生在冰冷的雨中，痛苦且孤獨地死去。

這個瞬間，我的地獄開始了。

我就像是一個得到萬能兌換券的小孩子。只要交出我的性命，就能拯救他人的性命。而且能拯救的性命只有一條。除此之外，全都必須見死不救。如此蠻不講理的沉重罪過讓我感到十分痛苦。這份痛苦超乎我的想像。只要短短的幾天，人格就會因此扭曲。我要坦白告訴你，我甚至曾經考慮成為殺人犯。因為如果能成為殺人不眨眼的人，就能從這份罪惡感中獲得解脫。

某一天，育幼院收到了一封信。我從窗邊看見一個男生親手將信投進信箱。我打開那封信，感到非常驚訝。

「來自死者的信」——

沒錯，那正是你所寫的信。你碰巧撞見那個女生死去的場面，基於良心與使命感，為我寫了一封信。當時你的字寫得歪歪扭扭的，卻非常努力地拯救我脫離悲傷。而且，你還把那個女生當天原本要買給我的櫻花髮夾放進了信封裡。我趕緊觀看你的未來，看見你正在收拾乳牛造型的存錢筒碎片。你幾乎為我花光了自己的零用錢。我非常高興，真的得到了救贖。那個髮夾的造型很成熟，還不太適合我，但我後來每天都戴著它。

我無論如何都想見救了我的男生一面。

我找出了自己跟你相遇的未來。未來的你和我是一對情侶。我也愛上了未來的我所愛上的你。我從過去就一直陶醉地看著與你一起度過快樂時光的自己。感覺就像是迷上迪士尼公主般的浪漫愛情故事。

不過，好景不常。我看見了你死去的未來。我一開始看見的死亡只是單純的交通意外。你想救一個差點被小客車撞上的女孩子，因此死去。而且驚人的是，發生的機率是百分之百。小時候，沒能拯救當時那個女生的你一直很後悔，於是以驚人的意志力救了這個女孩子。看見這段未來的我從根源阻止了車禍的發生，女孩子便平安地過著正常的生活，但你卻會因為別的原因而死去。

你和我，加上兩個女兒與一個兒子——我一直夢想組成這樣的幸福家庭，但卻得知這個願望已經不可能實現，所以我成天以淚洗面。

於是，我下定決心用兌換券來拯救你。我以為事情會很順利，就像打預防針一樣，只要忍耐疼痛，一下子就結束了。

可是，要拯救你並不是一件容易的事。因為你會透過我的眼睛看見未來，試圖拯救我。而且，你不這麼做的未來根本不存在。你看見未來的行為成了奇異點，使時間軸的分歧出現爆炸性的增長——這對宇宙而言是某種重生，也是誰都無法改變的命運。

我持續尋找能夠確實拯救你的方法。時間軸的分歧隨之不斷增加，我在未來的行動變得愈來愈巧妙，你的死亡也變得愈來愈複雜。它就像有上百隻腳的蜘蛛，呈現相當怪誕的模樣。雖然連續殺人案是注定會發生的命運，但你原本與此無關。當我摸索著各式各樣的可能性，情況就自然而然地演變成這個樣子了。

不過，我終於找到了突破僵局的方法。

要確實拯救你，我就不能夠與你相見。

這是一條伴隨許多犧牲的道路，所以我害怕得不禁猶豫。

不過，我在如此拯救你之後的未來看見了一道光芒。於是我朝那道光芒邁出步伐。

我觀看未來的體感時間早已超越生活在現實世界的時間。還不存在的未來就如同夢境，稍有閃失就會像泡沫般消逝。比起現實，我更像是活在夢境之中。我在夢裡遇見你，在夢裡愛著你。

可是，夢境與現實的界線究竟存在於何處呢？

究竟誰有資格嘲笑夢境呢？

為了騙過你，我磨練演技，假裝在空難中喪生。而且，為了成為另一個人——櫻庭千都世，我對身體動刀、矯正牙齒，改變了自己的長相。為了偽裝自己的身高，用偷襲的方式吻你一下，我穿起了高跟鞋。悲哀的是，因為我的身高太矮，所以如果不靠這種方法，就有很高的機率會被你躲開。

接下來的事就如你所知了。

為了避免讓你混淆，我用過去式來書寫這封信，但其實我現在還沒有見到你。寫完這封信之後，我會在切略梨的時候不小心受傷，稍微哭了一下，然後去見你。我有點緊張，也有點興奮。

我這邊是春天，盛開的櫻花非常漂亮。

我用道歉開頭，所以決定用道謝來結尾。

你給了我這顆心，甚至喜歡上我。

真的很謝謝你。我愛你。

美里上

信封裡放著一支櫻花髮夾。

我想起了一切，蹲坐在地上哭泣。

3

季節進入冬天，天上開始飄起雪花。

我還待在黑暗之中，就像開鑿漫長隧道的鐵門海上人一樣。想要代替美里受死的想法就是揮之不去。

因為我一直沒有處理壞掉的空調，所以房間非常寒冷。我隨時把自己裹在毛毯裡，連飯都沒有好好吃，發著呆忍耐胸口的痛楚。

我為什麼會輸給美里呢？最大的敗因一定是不了解「時間」。小精靈的世界與人類世界的時間流逝並不相同。美里有許多時間。而且，我不知道一個人耐著性子慢慢培養一份意念，就能達成多麼巨大的成就。

我差點變成肉身佛，於是打開冰箱尋求熱量。院瀨見學長給我的三瓶草莓牛奶之中，還有一瓶頑強地留在冰箱裡。我看到櫻花色的包裝，想起千都世學姊說過的話。

『如果你答應跟我約會三次，我就協助你』——

『別忘了還有最後一次約會喔！』——

結果，我們只有約會兩次——我心想。她是為了騙我，才會多設定一次嗎？還是說，跟美里一起散步的那一次也被算在內了？我怎麼也想不通。感覺好像忘了什麼重要的事——

這個時候，我聽見一陣喀哩喀哩的聲音。我「啊」了一聲，奔向落地窗。三郎正在抓著玻璃。我趕緊打開窗戶，用手溫暖牠的身體。

「你跑到哪裡去了，變得這麼瘦……！」

我把草莓牛奶的一半分給三郎喝，然後用毛毯替窩在我腿上的三郎取暖。看到牠舒服得昏昏欲睡的模樣，我的眼眶緩緩滲出淚水。

「別再亂跑了。因為你是我的家人……」

然後，我發現牠變得跟初次相遇的時候一樣髒，心想得幫牠洗個澡。

這個時候，一股電流竄過全身。

初次相遇的時候——

我想起自己跟美里第一次對話時的事。

『對阿窈來說，這是初次見面呢。我叫作柚葉美里。寫法是柚子的葉子，還有美麗的里程。』

『阿窈……？』

『未來的窈一允許我這麼稱呼你。當我在盛開的櫻花樹下，第一次遇見窈一的時候』——

我還沒有允許美里稱我為「阿窈」。鹿紫雲同學說過的話在我的腦海中復甦。

『你只是以為自己見過她，本質上卻錯過了她。你根本還沒有「真正遇見她」』——

沒錯，我們還沒有相遇。

我們才正要相遇。

「我們去見美里吧，三郎。」

4

我們從東京車站搭上東海道、山陽新幹線，在新大阪車站轉乘東海道、山陽本線。

穿越六甲隧道以後，我吐出一口氣，低聲說道：

「穿過縣界長長的隧道，便是雪國……」

兵庫已經下起了雪。

我在加古川車站轉乘加古川線，在粟生車站下車。

我打開外出籠，把三郎放出來，牠便好奇地踩著雪，留下肉球形狀的腳印，一臉滿足地搖起尾巴。我抱著三郎在雪中漫步，越過平交道，經過住宅區之間，沿著加古川走著。雪花輕飄飄地落入深灰色的河面而消失。

忽然間，三郎從我的懷裡跳了出去。

「三郎，等一下！」

三郎一路沿著河岸邊狂奔，越過粟田橋。我拚了命追上牠。等等我，不要走，不要丟下我。空氣很冰冷。我感到難以呼吸。心臟正在猛烈跳動。眼眶漸漸滲出淚水。

三郎在對岸的河邊停下腳步。牠回頭看著我，搖著尾巴等待。

我這才發現。

這裡已經是「小野櫻花河堤迴廊」了。

道路兩旁有成排的櫻花樹，現在枝頭上積著白雪。全長四公里，約有六百五十棵櫻花路樹——在我跟美里的故鄉兵庫，說到櫻花就會想到這裡。

我深深吸氣，然後吐氣。

我抱起三郎，窺視牠的眼睛——

美里就站在我面前。

眼裡的她站在盛開的櫻花樹下。金絲雀色的裙子、白色的襯衫、無限延伸的櫻花隧道、春日陽光，以及在孩提時代還不適合的櫻花髮夾——她巧妙地穿起這一切，以美麗的姿態站在那裡。

「初次見面。」

美里這麼說道。眼淚從我的眼中溢出。我說：

「初次見面。」

美里很靦腆，露出既高興又哀傷的表情。我對她說：

「那個髮夾很適合妳。」

「謝謝你。」美里紅了臉，觸碰頭上的髮夾。「我一直很珍惜它。」

「不枉費我把零用錢花光了。」

我用又哭又笑的語調說道。美里也同樣又哭又笑。

「妳的手——」我說道。「是因為切酪梨才受傷的嗎？」

「嗯，真的很痛——」

美里握住食指上的ＯＫ繃，這麼說道。一想到會因為這種小傷而哭的美里接下來將會對身體動刀來改變容貌，最後甚至被短劍貫穿，我的胸口就體會到難以忍受的疼痛。

「美里——」

妳不救我也沒關係。

妳不遇見我也沒關係。

我希望妳能在溫暖又美麗的地方過著幸福的生活。

我很想這麼說。

可是，美里不讓我這麼說。

「窈一，我有東西想給你看。請你窺視我的眼睛，然後看看我所邁向的『光芒』。」

我猶豫了。

不知為何，我隱約覺得一旦看了那道「光芒」，一切都會改變。

「……好吧。」

我最終還是點了頭，窺視美里的眼睛。

——然後，我在轉瞬之間體驗了一切。

那是《三界流轉》三部曲的最後一部作品。我飾演主角，鹿紫雲同學則飾演女主角。地點就在阿望學長重建的新「天女館」的圓形舞臺上——

那是命運的舞臺。

音樂的最高傑作是「無聲」。

小說的最高傑作是「白紙」。

電影的最高傑作是「黑暗」。

戲劇的最高傑作是「停頓」——

正如阿望學長所說，無中有全，全中有無。

未來的我感覺得到，美里的眼睛就存在於觀眾席的黑暗中。其中也包含過去的我的眼睛。阿望學長、神田川先生、阿望安尊、阿望幸惠、黑山學長、天崎學姊……所有生者與死者的眼睛也都在那裡。

鐵門海上人、雀與雲雀——橫跨好幾世的故事及業障，都在天女的降臨之下得到了救贖。天女輕輕飄向空中，天花板便敞開，無限的光芒從天上的太陽灑落。

「光明遍照」——

所有的黑暗都被徹底掃去，空無一人的觀眾席在光芒中浮現。

光芒筆直照向過去，照亮了那條道路，直達美里的眼睛，使她的靈魂作好一切覺悟。

我完全領悟了。

我已經明白，美里的決心不可能動搖。那已經是命運的一部分。而我今後會不斷在那道光芒照亮的道路上前進。我要付出任何犧牲，重複嘔心瀝血的努力，在走過貓道才能抵達的舞臺，讓美里看見「光芒」。

到了那一刻，所有的詛咒都將被破除——

一陣強風吹來。

風自由地穿越時間，同持吹起雪花與櫻花。

我隨之顫抖。

美里撥起頭髮，微笑著問道：

「窈一，我可以叫你阿窈嗎？」

我閉上眼睛，然後再次睜開，用微笑回望她，說道：

「嗯——當然可以。」

〈完〉

背離冬日

Kadokawa Fantastic Novels

作者：石川博品　插畫：syo5

我們在永無止境的「冬天」世界裡，
依然墜入了愛河。

世界已經天翻地覆，九月下了雪，發現「冬天」將會持續到永久的人們日復一日愈來愈絕望。就讀高中的天城幸久在小鎮長大，他與同學真瀨美波正在交往，但是沒有同學知曉。面對惡劣的氣候兩人將何去何從……青春小說的最高峰！

NT$240/HK$80

三角的距離無限趨近零
Bizarre Love Triangle
After Story
岬鷺宮
Misaki Saginomiya
illustration◇Hiten
9
Kadokawa Fantastic Novels

國家圖書館出版品預行編目資料

美里活在貓的眼眸裡 / 四季大雅作 ; 王怡山譯. -- 初版. -- 臺北市 : 臺灣角川股份有限公司, 2024.05-
冊 ; 公分. -- (Kadokawa fantastic novels)

譯自 : ミリは猫の瞳のなかに住んでいる
ISBN 978-626-378-938-8(第1冊 : 平裝)

861.57 113003134

Kadokawa
Fantastic
Novels

美里活在貓的眼眸裡

（原著名：ミリは猫の瞳のなかに住んでいる）

2024年5月15日　初版第1刷發行

作　　者：四季大雅
插　　畫：一色
譯　　者：王怡山

發 行 人：台灣角川股份有限公司
總　　監：呂慧君
總 編 輯：蔡佩芬
主　　編：林秀儒
編　　輯：黎夢萍
設計指導：陳晞叡
美術設計：吳佳昫
印　　務：李明修（主任）、張加恩（主任）、張凱棋

發 行 所：台灣角川股份有限公司
地　　址：104台北市中山區松江路223號3樓
電　　話：（02）2515-3000
傳　　真：（02）2515-0033
網　　址：www.kadokawa.com.tw
劃撥帳戶：台灣角川股份有限公司
劃撥帳號：19487412
法律顧問：有澤法律事務所
製　　版：巨茂科技印刷有限公司
ＩＳＢＮ：978-626-378-938-8